# 現代文學賞 수상시집

2014 제59회

수상시집

안규철, 「두 개의 빈 의자」, 드로잉

| 현대문학상 기념조각 |

**안규철**

책은 양면적인 요소들이 중첩되어 있는 물건이다.
책에는 왼쪽과 오른쪽 페이지가 있고, 보이는 앞면과 보이지 않는 뒷면이 있다.
안과 밖이 있고, 시작과 끝이 있다. 흰 종이와 검은 잉크가 있고,
드러난 것과 숨겨진 것이 있으며, 저자와 독자가 있다.
서로 상반되면서 동시에 상호의존적인 이런 요소들은 책이 닫혀 있을 때는 드러나지 않는다.
책은 상자와 같아서, 책장이 펼쳐지기 전에 그것은 무뚝뚝한 한 덩이 종이뭉치에 불과하다.
책을 열면 이렇게 하나였던 것이 둘이 된다. 왼쪽과 오른쪽이, 안과 밖이, 저자와 독자가 거기서 생겨난다.
그리고 그 둘 사이에서, 낯선 한 세계의 지평선이 떠오른다.
마술사의 손바닥에서 피어나는 꽃처럼, 작은 책갈피 속에서 세계 하나가 온전한 윤곽을 드러낸다.
문학작품 앞에서 늘 그것이 경이롭다.

제**59**회 現代文學賞 수상시집

# 허 연

## 북회귀선에서 온 소포 외

**H**
현대문학

| 차례 |

# 수상작

# 수상시인 자선작

# 수상후보작

# 역대 수상시인 근작시

# 심사평

# 수상소감

# 수상작

## 북회귀선에서 온 소포 외

허 연

# 허 연

## 북회귀선에서 온 소포 외

1966년 서울 출생.
1991년 『현대시세계』 등단.
시집 『불온한 검은 피』 『나쁜 소년이 서 있다』 『내가 원하는 천사』.
〈시작작품상〉〈한국출판학술상〉 수상.

# 북회귀선에서 온 소포

때늦게 내리는
물기 많은 눈을 바라보면서
눈송이들의 거사를 바라보면서
내가 앉아 있는 이 의자도
언젠가는
눈 쌓인 겨울나무였을 거라는 생각을 했다

추억은 그렇게
아주 다른 곳에서
아주 다른 형식으로 영혼이 되는 것이라는
괜한 생각을 했다

당신이
북회귀선 아래 어디쯤
열대의 나라에서
오래전에 보냈을 소포가
이제야 도착을 했고

모든 걸 가장 먼저 알아채는 건 눈물이라고

난 소포를 뜯기도 전에
눈물을 흘렸다
소포엔 재난처럼 가버린 추억이
적혀 있었다

하얀 망각이 당신을 덮칠 때도 난 시퍼런 독약이 담긴 작은 병을 들고
기다리고 서 있을 거야. 날 잊지 못하도록, 내가 잊지 못했던 것처럼

떨리며 떨리며
하얀 눈송이들이
추억처럼 죽어가고 있었다

# 싸락눈

1.

한 시인의 시집을 봤다. 시집 한 권이 전부 성욕이었다. 아! 그
는 소멸해가고 있었구나. 우화羽化를 끝낸 늦여름 매미처럼 소멸로
가고 있었구나. 그랬었구나. 껍질만 남은 그의 시집을 보며, 그의
우화를 보며 '몸'이 곧 그였음을 알겠다. 싸락눈이 쏟아지고 있었
다. 그러므로 오늘 나는 대여섯 번 소멸을 생각했다.

싸락눈은 끊임없이 사선으로 내려와
더럽게 더럽게 죽어가고

2.

올 겨울을 간신히 넘긴 끄트머리에 매달린 생이 소멸과 친해지
고. 갑작스러운 싸락눈 쏟아지는 길에서 생은 싸락눈을 만나 더러
워진다. 싸락눈 내리는 날, 해解를 구하기 위해서 거리는 더럽게
죽어간다. 삼대째 벗어나지 못했다는 눈먼 사랑의 대가가 이 겨울
뭉쳐지지 않는 싸락눈으로 날리고, 세상은 더러워서 눈물겹다.

올해 마지막 눈이 죽어가고 있었다

# 오십 미터

마음이 가난한 자는 소년으로 살고, 늘 그리워하는 병에 걸린다

오십 미터도 못 가서 네 생각이 났다. 오십 미터도 못 참고 내 전두엽은 너를 복원해낸다. 돌아서면 잊어버리는 축복이 있다는 소문을 들었지만, 내게 그런 축복은 없었다. 불행하게도 오십 미터도 못 가서 죄책감으로 남은 것들에 대해 생각하는 것. 무슨 수로 그 그리움을 털겠는가. 엎어지면 코 닿는 오십 미터이지만 중독자에겐 호락호락하지 않다. 정지화면처럼 서서 그대를 그리워했다. 걸음을 멈추지 않고 오십 미터를 넘어서기가 수행보다 버거운 그런 날이 계속된다. 밀랍인형처럼 과장된 포즈로 길 위에서 굳어버리기를 몇 번. 괄호 몇 개를 없애기 위해 인수분해를 하듯, 한없이 미간에 힘을 주고 머리를 쥐어박았다. 그립지 않은 날은 없었다. 어떤 불운 속에서도 너는 미치도록 환했고, 고통스러웠다.

때가 오면 바위채송화 가득 피어 있는 길에서 너를 놓고 싶다

# 가시 2

알약 한 알이 녹는 시간 동안 나의 기억이 훈제가 되는 동안 나의 증언은 계속됐다 블록을 씌운 문자 몇 개가 깜박이면서 나를 재촉했고 나는 가끔씩 눈물을 흘리는 습성과 숨을 몰아쉬는 습성을 털어놓아야 했다 검은 점 몇 개로 나의 이름을 만들고 몇 번의 손가락질로 나의 상태를 증언해야 했다

잠 속에서 셀 수 없이 많은 가시가 돋아나는 것에 대해서도 말해야 했다 누구도 나에게 오지 못하고 내가 누구에게도 가지 못하는 그 가시의 시간에 대해서도 말해야 했다 가시의 시간은 길었으며 고통스러웠고 아무것도 보듬지 못했다고 가시와의 악연을 고백한 그 시간은 어둡고 길었다

나는 생리 중인 방의 주인이 내민, 이제는 단종된 푸른 줄이 그어진 노트에 사인을 하고 일어났다 쓴맛을 다 본 소년처럼

그래도
이제는 가시가 나를 지탱하고 있다고
그 말만은 끝내 하지 않았다

# 예니세이

눈물은 여름 석 달 예니세이를 따라가버렸네

북소리가 눈물을 삼킨다는 걸. 왜 나는 진작 알지 못했을까. 진화에서 밀려난 몽골로이드가 근친상간으로 명을 유지한 곳. 빙하기에 불렀던 노래를 지금도 부르는 곳. 모닥불에 옛사랑을 던져버리고 이젠 모두 착해져버린 동행들과 일몰을 맞네.

야릇한 대륙의 냄새가 두통처럼 밀려오고
강은 흐르고, 또 무섭게 흐르고

한 서린 야생 당나귀 울음이 초저녁을 찢고,
강변에서는 이상하게 할 말이 사라지고
연기처럼 연기처럼
할 말은 하늘로 가고

조각난 얼음들이
빽빽한 검은 숲 사이로
떼 지어 사라지는 걸 보며
자갈밭 위에 서 있었네

예니세이를 사랑해서

바닥에 떨어진 눈물도
그쪽으로만 흘러간다고 믿는
몽골로이드는
오늘도 청동거울을 닦고

예니세이.
두고 온 것들이
그립지 않아서
지류처럼 나도 울었네

# 점토판

새의 발자국 같은 사랑을 새겼더란다.

변하지 않는다는 미망도, 줄지어 늘어선 서약도, 한번 사귁이 나면 천 년을 간다는 상처도 새의 발자국처럼 동풍에 밀려 어디론가 떼를 지어 사라졌더란다.

진흙에 갇힌 사랑
춘분과 추분을 잘못 계산해 늦지 않는 벌을 받은 사랑. 죽어도 죽지 않는 쐐기문자로 남은 것. 섭씨 천 도쯤에서 구워진 것. 끔찍한 세월을 지나온 노래.

비 한 방울 오지 않는 곳에서 감히 사랑에 빠진 자들은 끔찍하게 일만 년을 살았더란다. 마르고 말라서 수메르의 노래가 됐더란다.

내가 사랑을 알기 전
아버지의 아버지의 아버지가 사랑을 알기 전
수억 번의 일요일이 오기 전
그들은 사랑을 새겼더란다
새의 발자국 같은 사랑을

대홍수를 견딘 사랑
제 얼굴도 보지 못하고
일만 년 동안 말라붙은 사랑

# 종탑과 나팔꽃

(미군부대를 다니던 아버지는
나팔꽃을 으깨 아침을 먹이곤 했다)

갑작스러운 균열
속으로 들어갔다.
길 건너엔 아주 오래된
대리석 종탑이 있었는데
그 종탑이 파동 속에
오르락내리락하는 걸 보며

나는 여러 개의 물감층으로 된
균열 속으로 들어갔다.
균열 속에선
뜨거운 가슴과 차가운 가슴이 나를 괴롭혔고
크게 들리는 말들과 작게 들리는 말들이
잠인 것과 잠이 아닌 것들이

꿈인 것과 꿈이 아닌 것들이
나를 둘러싸고 있었다.

아주 긴 노래가 들렸고
나는 이미
필요 없게 된 색깔을 하나씩 벗으며
균열 속으로 들어가고 있었다

잘 외워지지 않던
어린 시절의 기도문이
몇 번을 회전하는 동안
두려움보다 아름다웠다

나팔꽃이 피어나던 그날.

# 수상시인 자선작

# 남해

여자는 바다를 밀었다. 여자가 바다를 밀어낸 만큼 여자의 생은 앞으로 나아갔다. 여자는 말없이 바다를 밀었다. 여자에게 밀린 바다는 잔물결로 뒤로 밀려나고, 여자는 무심히 그다음으로 밀려오는 바다를 밀었다.

잔물결에 그려진 생. 여자는 바다만을 밀고 있는 게 아니었다. 여자는 바다에 비친 생을 밀고 있었다. 간혹 물살이 뱃전에 부딪히는 소리가 나기는 했지만 전반적으로 이 의식은 고요했다.

가까워졌다가 멀어지는 저 섬들의 세밀화. 난대림의 북방한계선에서 날아다니는 배고픈 새들. 여자가 바다를 밀어낼 때마다 흰 새들은 발레리나처럼 난대림 위로 살짝 날아올랐다가 다시 내려앉고는 했다.

여자가 미는 바다 여자에게 밀리는 바다.

조용한 의식 속에 델타의 하루가 저물었다. 여자는 내일 또 다른 생을 밀어낼 것이다.

# 거진

당신이 사라진 주홍빛 바다에서 갈매기 떼 울음이 파도와 함께 밀려갔다 우지 않는다 막 비추기 시작한 등대의 야한 붉빛이 훑듯이 나를 지워버리고 파도 소리는 점점 밤의 전부가 됐다 밤이 분명한데도 밤은 어디론가 가버렸고 파도만이 남았다 밤은 그렇게 파도만을 남겼고 당신을 기다리는 시간 내내 파도 위로 가끔 별똥이 떨어졌다 바스락거리던 조개의 죽음들이 잠시 빛났고 이내 파도에 묻혔다 소식은 없었다 밤에 생긴 상처는 오래 사라지지 않는다 도망치지 못했다 거진항

# 가시 1

내 온몸에 가시가 있어 밤새 침대를
찢었다. 어제 나의 밤엔 아무것도 남지
못했고 아무것도 들어오지 못했다.
가시는 아무런 실마리도 없이 밤마다 돋아
나오고 나의 밤은 전쟁이 된다.
출구를 찾지 못한 치욕들이 제 몸이라도
지킬 양으로 가시가 되고 밤은 길다.
가시가 이력이 된 날도 있었으나 온당치
않았고 가시가 修辭가 된 적이 있었으나
모든 밤을 다 감당하진 못했다. 가시는
빠르게 가시만으로 완전해졌고 가시만으로
남았다. 가시가 지배하는 밤. 가시가 찢은
날들

# 장마 5

맹세보다 가혹한 일기를 쓴다.

그 여름 내 인생에 대해서 말할 수 있다
*(당신은 쓸려 갔고 다시 오지 않았다)*

그 여름 내 슬픔에 대해 말할 수 있다
*(당신이 적막을 주었고 어떤 생이 남았다)*

강은 멀리서 소리를 낸다.
쓸려 가서 오지 않는 건 뇌우로 남는다.
강의 끝에서 벌어지는
저 까마득한 낙차

연옥을 지나온 강물에게
누가 근원을 묻는가
*(도시에서 당신은 길을 잃었다)*

비는 일단 밤에 내리는 게 맞다

# 눈빛

*(기껏 복숭아씨만 한 사람의 눈이라는 게 여간 영묘하지 않아서 그것
하나 때문에 생을 다 바치는 자들이 적지 않았다)*

당신을 절벽으로 밀었네. 그 눈빛 서늘하게 며칠을 갔지만 돌아
서면 까맣게 잊기도 했네

비가 오면 빗방울을 세기도 했네. 빗방울 속에 그 눈빛 있었네.
절벽으로 밀어버린 그 눈빛 있었네

그래도 그 눈빛 좋아 죽었네. 세상 어느 끄트머리 가슴을 쥐어
박으며 좋아 죽었네. 그 눈빛 좋아 죽었네

사랑은 어디서든 죽고
불길한 기다림은 눈빛으로만 돌아왔네
눈빛만 그 세월을 넘었네

원망은 차가웠지만 눈빛만은 붉었네

생을 기다림으로 채우게 하는
붉은 눈빛 있었네

# 짐승들이 젖어 있다

지금 이 역의 짐승들은 모두 젖어 있다

우산을 반 바퀴쯤 돌리거나 바닥에 탁탁 치거나
소심한 저항을 하지만 공격적이지는 않다.

이 늦은 밤
여기서 만난 소심한 짐승들에게 하루를 묻지 않는 건 예의가 아
니다. 애환이나 아쉬움 같은 것도 묻지 않는다. 역시 예의다.

발정기가 끝나가는
태양력의 어느 날
지하철역에서 짐승들이 젖어 있다.

젖은 짐승들은 두려운 게 많고
두려운 세 많은 심승일수록
말을 하지 않는다

젖은 자는
잘 엄두를 내지 못한다

모든 걸 칼집에 넣어둔 짐승들

지금 이 역에는
위험한 짐승들이 젖어 있다.

# 들뜬 혈통

하늘에서 내리는 뭔가를 바라본다는 건
아주 먼 나라를 그리는 것과 같은 것이어서
들뜬 혈통을 가진 자들은
노래 없이도 노래로 가득하고
울음 없이도 울음으로 가득하다

짧지 않은 폭설의 밤
제발 나를 용서하기를

심장에 천천히 쌓이는 눈에게
파문처럼 쌓이는 눈에게
피신처에까지 쏟아지는 눈에게
부디 나를 용서하기를

아주 작은 아기 무덤에 쌓인 눈에게
지친 직박구리의 잔등에 쌓인 눈에게
나를 벌하지 말기를

폭설에 들뜬 혈통은

밤에 잠들지 못하는 혈통이어서

오늘 밤 밤새 눈은 내리고
자든지 죽든지
용서는 가깝지 않았다

# 그날의 삽화

1.
오랜만에 동생을 만나러 가는 길
빗물은 점점 부담스럽게 아스팔트를 때렸고

반복되는 정체 속에서
나는
덮어버린 것들과
그렇지 못한 것들에 대해 생각했다.

"조금 더 비싼 걸로 할 걸 그랬어"
이십 년 전
이른 나이에 상주가 됐던 우리가
어머니에 대한 자책을 안고
그 길을 걷던 날도
비는 내렸었다

2.
체중이 많이 불어난 동생과 마주 앉은
입김으로 뿌연 저녁 감자탕집.

빗물 흘러내리는 유리창 밖은
차갑고도 먼 나라.

늘 함께 걸었던 등굣길에 대해
나름대로 이름 지어 불렀던 잡초들과 새들에 대해
우리는 뭔가 책임지고 싶어 했다.

묘지 이장 이야기를 하다 불쾌해진 동생은
잠시 말을 잇지 못했다.

"그날 참 비 많이 왔지, 형."

3.
돌아오는 길

모욕으로 기억된
몇 가지 아픈 과거들에 대해
단 한마디도 꺼내지 않은
우리의 어른스러움을

다행이라 생각하며

지친 포유류 같은
동생의 등을 떠올리며

하루에 기차가 여덟번 쯤 지나갔던 그 둑방길에서
우리가 함께 날아오르는 상상을 했다

# 수상후보작

# 김이듬

## 파수 외

1969년 경남 진주 출생.
2001년『포에지』등단.
시집『별 모양의 얼룩』『명랑하라 팜 파탈』
『말할 수 없는 애인』『베를린, 달렘의 노래』.

# 파수

윗입술 아랫입술
아귀가 맞는 네 말
뭐하러 다시 돌아왔니

우리는 불판 앞에서 소주를 마신다
끝끝내 벌어지지 않는 조개를 불판 위에서 젓가락으로 집어 올
려
억지로 벌릴 때
난 이미 죽었음을 과묵하게 받아들여야 했다

어둠이 오면 밝아지는 너
주변이 잠잠해지는 순간에 깨어나는 너
시련이나 고통을 환대하는 너
너는 평범하다

번복 없이 꽃잎들은 피고
다툼 없이 나뭇잎이 제자리에서 자라는 신비로 말미암아
우리의 엄살과 내숭은 아귀가 맞다

나보다 더 아프고 병든 사람이 다가오지 못하게 의자를 지킨다
　희소성이 중요하다 떠난 이나 죽은 이는 돌아오지 못하게 가능
한 빨리 묻거나 태워야 한다
　이제 자신보다 무능력한 사람들만 들어오게끔
　이 구역의 출입을 통제한다

　떠났다 돌아오면 뭔가 달라져 있을 줄 알았어
　근데 뭐하러 돌아왔어
　모든 기억과 모든 추억은 실수로 귀결된다

　늙고 병든 이민자들이 돌아오지 못하는 게 아니다
　돌아오지 않는 거다

　죽은 이들도 돌아올 수 있지만 안 오는 거다
　쓸데없고 주체힐 수도 없는 능력 때문에
　겸연쩍고 무안하고 폐가 될까봐 네 방을 노크할 수 없는 거다
　추방이라고 말하긴 뭐하지만
　환송파티에 마지막 의례까지 마친 마당에

# 정말 사과의 말

만지지 않았소
그저 당신을 바라보았을 뿐이오
마주 볼 수밖에 없는 위치에 놓여 있었소
난 당신의 씨나 뿌리엔 관심 없었고 어디서 왔는지도 알고 싶지
않았소
말을 걸고 싶지도 않았소
우리가 태양과 천둥, 숲 사이로 불던 바람, 무지개나 이슬 얘기
를 나눌 처지는 아니잖소

우리 사이엔 적당한 냉기가 유지되었소
문이 열리고 불현듯 주위가 환해지면 임종의 순간이 다가오는
것이오
사라질 때까지 우리에겐 신선도가 생명으로 직결되지만
묶고 분류하기를 좋아하는 사람들이 우리를 한 칸에 넣었을 것
이오
실험해보려고 한군데 밀어 넣었는지도 모르오

당신은 시들었고 죽어가지만
내가 일부러 고통을 주려던 게 아니었기 때문에 난 죄책감을 느

끼지 않소
　내 생기가 그러하오
　난 주변에 있는 모든 것들의 생기를 잃게 하오
　내가 숨 쉴 때마다 당신은 무르익었고 급히 노화되었고 마침내
썩어버렸지만

　지금도 내 몸에서 흘러나오는 호르몬을 억제할 수가 없소
　나는 자살할 수 있는 식물이 아니오
　당신한테 다가갈 수도 떠날 수도 없었소
　단지 관심을 끌고 싶었소

# 시골 창녀

진주에 기생이 많았다고 해도
우리 집안에는 그런 여자 없었다 한다
지리산 자락 아래 진주 기생이 이 나라 가장 오랜 기생 역사를
갖고 있다지만
우리 집안에 열녀는 있어도 기생은 없었단다
백정이나 노비, 상인 출신도 없는 사대부 선비 집안이었다며 아
버지는 족보를 외우신다
낮에 우리는 촉석루 앞마당에서 진주교방굿거리춤을 보고 있었
다
색한삼 양손에 끼고 버선발로 검무를 추는 여자와 눈이 맞았다

집안 조상 중에 기생 하나 없었다는 게 이상하다
창가에 달 오르면 부푼 가슴으로 가야금을 뜯던 관비 고모도 없
고
술자리 시중이 싫어 자결한 할미도 없다는 거
인물 좋았던 계집종 어미도 없었고
색색비단을 팔러 강을 건너던 삼촌도 없었다는 거
온갖 멸시와 천대에 칼을 뽑아 들었던 백정 할아비도 없었다는
말은

너무나 서운하다

국란 때마다 나라 구한 조상은 있어도 기생으로 팔려 간 딸 하나 없었다는 말은 진짜 쓸쓸하다

내 마음의 기생은 어디서 왔는가

오늘 밤 강가에 머물며 영감靈感을 되실까 하는 이 심정은

영혼이라도 팔아 시 한 줄 얻고 싶은 이 퇴폐를 어찌할까

밤마다 칼춤을 추는 나의 유흥은 어느 별에 박힌 유전자인가

나는 사채이자에 묶인 육체파 창녀하고 다를 바 없다

나는 기생이다 위독한 어머니를 위해 팔려 간 소녀가 아니다 자발적으로 음란하고 방탕한 감정 창녀다 자다 일어나 하는 기분으로 토하고 마시고 다시 하는 기분으로 헝클어진 머리칼을 흔들며 엉망진창 여럿이 분위기를 살리는 기분으로 뭔가를 쓴다

다시 나는 진주 남강가를 걷는다 유등축제가 열리는 밤이다 취객이 말을 거는 야시장 강변이다 다국적의 등불이 강물 위를 떠가고 떠내려가다 엉망진창 걸려 있고 쏟아져 나온 사람들의 더러운 입김으로 시골 장터는 불야성이다

부스스 펜을 꺼낸다 졸린다 펜을 물고 입술을 넘쳐 잉크가 번지는 줄 모르고 코를 훌쩍이며 강가에 앉아 뭔가를 쓴다 나는 내가 쓴 시 몇 줄에 묶였다 드디어 시에 결박되었다고 믿는 미치광이가 되었다

눈앞에서 마귀가 바지를 내리고
빨면 시 한 줄을 주지
악마라도 빨고 또 빨고, 계속해서 빨 심정이 된다
자다가 일어나 밖으로 나와 절박하지 않게 치욕적인 감정도 없이
커다란 펜을 문 채 나는 빤다 시가 쏟아질 때까지
나는 감정 갈보, 시인이라고 소개할 때면 창녀라고 자백하는 기분이다 조상 중에 자신을 파는 사람은 없었다 '너처럼 나쁜 피가 없었다'고 아버지는 말씀하셨다
펜을 불끈 쥔 채 부르르 떨었다
나는 지금 지방축제가 한창인 달밤에 늙은 천기賤技가 되어 양손에 칼을 들고 춤추는 것 같다

# 빈티지 소울

카메라 대신에 벽돌입니다 상자를 여니 벽돌 반 장이 나왔어요 믿을 수 없지만 깨끗한 벽돌입니다 왜 폴라로이드 카메라가 아니라 벽돌인지 물어보려고 해도 연락두절이네요 인터넷 중고시장을 통해 연결된 그 사람은 필름 10팩까지 끼워 거의 새것과 다름없는 카메라를 반값에 팔겠다고 했죠

힘주어 벽돌을 꼭 쥐어봅니다 벽돌을 챙겨 들고 집을 나섭니다 경찰서로 갈지 택배송장에 적힌 주소지로 가야 할지 아직 모르겠어요

희미하게 어둠이 퍼져갑니다 보통 저녁입니다 골백번의 골백번 더 살아본 날입니다 어이없고 참을 수 없이 분노가 치밀지만 똑같은 사기 사건도 수십만 번쨉니다 사소한 사기가 삶이었지요 예전엔 나귀 가죽하고 밀가루를 교환하다 시비가 붙어 칼에 찔려 죽을 뻔했습니다 금화 몇 닢 받은 후 양피지를 부내지 않은 적도 있고요

저 교회 벽돌도 내가 붙인 것 같습니다 나는 오래전 애굽에서 벽돌을 구워내던 노예였을지 모릅니다 무너진 벽돌 더미에 깔려 죽었겠지요 사기 치다가 걸려 톱니바퀴에서 고문당하던 상인이었을

지도 언덕 꼭대기 대성당에서 목탄으로 모작을 그리던 인부였거나 들판에서 나뭇잎으로 성기만 가리고 누워 행인을 기다리던 창녀였을지 모릅니다

내 영혼은 중고품입니다 수거함에서 꺼낸 붉은 스웨터처럼 팔꿈치가 닳고 닳은 영혼입니다 누군가 미처 봉하지 못하고 떠나보낸 기억입니다 불현듯 바다에서 솟아올랐거나 화산에서 흘러내린 먼지입니다

때때로 나는 처음으로 근사한 말을 떠올리지만 그 문장은 이미 내가 사막에서 벽돌을 굽다 지루해서 돌 위에 새겼던 말입니다 어딘가 처음 가보아도 언젠가 꼭 와서 살았던 곳 같습니다 내게 처음은 없지만 매 순간 처음처럼 화들짝 놀랍니다

당신이 왜 떠났는지 압니다 비애와 슬픔의 차이도 알고 저 모퉁이에서 걸어오던 사람이 왜 나한테 눈을 흘기고 가는지도 압니다 똑같은 일을 수십만 번 겪었으니까요 벽돌이 내게 온 이 상황에 대해서도 분개할 만한 일종의 흥미를 잃었습니다

하지만 건망증에 미달하는 기억력 때문에 나는 자신이 없습니다 카메라를 반기도 전에 선입금했고 또다시 사람을 믿었습니다 다행히 내 기억은 내 영혼은 약을 쳐야 기어 나오는 벌레 같아서 마치 없는 것처럼 또다시 누군가를 사랑할 것입니다

# 해변의 문지기

남태평양 연안이다. 저녁 식사 후 일행들은 클럽으로 갔지만 그녀는 혼자 남아 해수욕을 즐겼다. 사양斜陽의 파도는 높고 붉었다.

번쩍하고 하늘에 금이 갔다. 후두둑 빗방울에 바다가 뒤집혔다.

그녀는 가까스로 헤엄쳐 나왔다. 해변을 달렸다. 야자나무 아래 잠시 서 있었다. 백사장을 가로질렀다. 모래 속에 발가락을 빠뜨린 것처럼 절름절름 계단을 뛰어올랐다. 방문을 쥐고 당긴다. 아뿔싸! 문이 잠겨 있구나.

발을 구르며 두리번거린다. 열쇠를 어디 흘렸지? 나라면 어떻게 할까? 스콜이 잦아들었으니 열쇠를 찾아 모래사장을 뒤지고 다닐지 모른다. 아니면 정원을 지나 마시지숍과 야외풀장과 식당을 지나 로비 프런트까지 갈까? 저 방은 로비로부터 가장 멀고 바다에 가장 가까이 있다. 발코니에서 그녀가 서성인다. 난간 위의 책이 젖은 걸 확인한다. 그녀는 의자에 기대 비스듬히 누워버린다. 자정이 넘어야 일행 중 누군가가 올 것이다.

나는 짐작할 수 있다. 그녀가 반나절 누워 있던 자리에 가본다.

내 예상대로 선베드 위에 열쇠가 떨어져 있다. 나는 열쇠를 쥔 채 그녀를 바라본다. 그녀는 발코니에 서 있다. 미동도 없이 서서 나를 바라본다. 날 기다리는 것 같다. 아니, 눈을 감고 있는 건가?

열쇠를 찾아주는 일이 내 업무는 아니다. 나는 문지기다. 리조트 후문이라고 할 수 있는 해변의 계단참에 서서 현지인들이나 행상들의 출입을 통제하는 일을 한다. 현지인과 행상이라 함은 내 가족과 이웃, 친구 들을 말한다. 그들은 리조트 투숙객이 아니다. 러시아 갑부가 운영하는 이 리조트에서 하룻밤도 잘 수 없다. 그들은 여기서 자전거로 십오 분 거리에 있는 작은 어촌에 산다. 그쪽 바닷가는 지저분하다. 주민들은 그 해변에서 똥오줌을 누고 사랑을 나누기도 하며 생선을 흩어놓고 팔기도 한다.

일 년 내내 찌는 날씨지만 저녁이면 살 만하다. 이렇게 비마저 내려주면 고맙기까지 하다. 나는 그녀를 향해 걸어간다. 그녀는 거의 벗은 거나 다름없다. 온몸이 젖었다. 엉덩이를 난간에 걸친 채 멍하니 나를 쳐다본다. 내게 저런 비키니 차림은 지겨울 뿐이다. 왜 열쇠를 찾으러 가지 않은 걸까?

호기심 가득 찬 눈으로 나를 훑어본다. 낡은 샌들과 헐렁했으나 지금은 젖어서 다리에 달라붙은 회색 유니폼 바지, 그녀의 시선이 배꼽 주변에서 멈칫한다. 그러나 곧 시꺼멓게 탄 상체와 얼굴, 관자놀이에 박힌 활 모양 흉터를 더듬는 듯하다. 그녀가 미소 짓는다. 비웃는 웃음일까? 환희를 모르는 사람의 웃음이다.

이 방은 프런트에서 가장 멀리 있고 바다 가까이, 나의 의자 가까이에 있다. 지난밤에도 나는 보초 근무를 하며 그녀의 방 창문을 바라보았다. 의자를 조금만 옮기면 보이는 곳에 있었기 때문이다. 그녀는 일행들과 술을 마시다가 나와 시선이 마주쳤다. 테라스에 나와 서성이는가 싶었다. 갑자기 그녀는 세 개의 계단을 내려와 내 앞을 지나치더니 바다를 향해 뛰어갔다. 하얀 치마가 휘날렸다. 나는 그녀를 뒤따라가 허리를 감쌌다. 심야엔 수영금지라고 말했을 때도 그녀는 나를 보며 웃었다. 환희라고는 모르는 얼빠진 사람처럼. 그녀는 내 손을 잡고 촘촘한 달빛 사이 금빛 모래사장 위를 조금 날았다.

더는 안 돼요, 그녀가 내 손을 뿌리쳤다. 날 두려워했다. 아니, 스스로가 두려웠던 걸까? 그 길이 마을로 통하는 길일까봐, 자신도 낙후될까봐, 가난하니까 천하고 하찮아져버린 사람들과 섞이게 될까봐, 에이즈는 없어요? 나를 전염병에 걸린 사람 취급했잖아, 리조트 사장이 날뛸 것이다. 내가 자리를 비운 줄 알면, 이 녀석아! 문이나 지키랬잖아. 난 결코 문을 부수는 사람이 아니다. 문 없는 문을 지켜야 하는 해변의 어린 문지기일 뿐.

나는 비를 맞으며 테라스로 오른다. 외국에서 온 숱한 투숙객 중 한 명일 뿐인 사람의 객실에 딸린. 반쯤 드러난 그녀의 유방을 본다. 빈약하고 공허하다. 비키니 말고 마음을 보여줘. 흐린 입술과 눈동자, 그녀가 흔들린다. 떨리는 손을 잡는다. 손바닥 위에 가만히 열쇠를 놓는다. 그녀가 열쇠를 받아 들고 웃음을 터뜨린다. 정말 어이가 없네요. 내가 훔쳤다고 생각한다면 그녀는 미쳤거나 환희는 물론 비애조차 모르는 인간이다. 그녀가 급히 방으로 들어간다. 피를 흘리며 들어가는 것 같다. 문을 잠근다. 다시 빗장을 거는 소리.

아아, 나에게는 말해야 하는 최후의 것이 없다. 누가 있겠는가, 누가 누구의 문을 끝없이 두드리겠는가.

# 내 눈을 감기세요

구청 창작교실이다. 위층은 에어로빅 교실, 뛰고 구르며 춤추는 사람들, 지붕 없는 방에서 눈보라를 맞는다 해도 거꾸로 든 가방을 바로 놓아도 역전은 없겠다. 나는 선생이 앉는 의자에 앉는다. 과제 검사를 하겠어요. 한 명씩 자신이 쓴 시 세 편을 들고 와 내 책상 맞은편에 앉는다. 수강생과 나는 머리를 맞댄다. 어깨를 감싸는 안개가 있고 나는 연달아 사슴을 쫓아가며 총을 쏘는 기분이다. 전쟁을 겪은 후 나는 총을 쏘지 못하게 되었다.

이건 너무 상투적이고 진부하잖아요. 이렇게 쓰시면 안 됩니다. 노인이 내민 시에 칼질을 한다. 깎고 깎아서 뼈대만 남은 조각상처럼 노인은 앉아 있다. 패잔병의 앙상한 뺨을 타고 곧 눈물이 흘러내릴 것 같다. 분노로 불신으로 이글거리는 눈동자는 아니다. 선생님, 방금 그 작품은 내가 쓴 게 아닙니다. 아무리 애써도 시를 쓸 수가 없어 유명한 시인의 수상 작품을 필사해봤어요.

내 머리는 떨어진다. 책상 위에는 첨삭하느라 엉망이 된 유명 시인의 작품이 있다. 그것은 마치 왜 그렇게 비싼지 도무지 이해할 수 없는 명품 브랜드 가방 같다. 노인이 나를 보며 웃지 않으려 애쓴다. 머리 위에서 춤추는 사람들, 이름을 가리면 걸작을 못 알아보는 내 식견으로 누구를 가르치겠다고 덤빈 걸까?

# 못

엉클 톰의 오두막이 이렇게 생겼을까 나는 친구 집으로 피신해 왔다 청천 시골에 있는 송판으로 지은 집

나는 할 만큼 했고 부모는 나를 키우는 동안 모든 보상을 받았다

친구는 친구의 친구 삼촌이 창고 가득 모아둔 송판을 날라다 이 집을 지었다 그 아저씨는 죽어라고 일만 하다가 출장길에 죽었다 해외수입물품을 취급하는 일을 했던 모양인데 포장용 나무궤짝을 모조리 집으로 가져가 못을 빼고 닦아 크기대로 분류해서 창고가 넘치도록 쌓아두었던 것이다 아무 취미도 없이 퇴근하면 못을 빼고 휴일에도 못을 빼고 달밤에도 못을 뺐다고 한다

그 아저씨 손발에 가득했을 못들은 다 어디로 흩어졌을까 접촉이 없으면 못도 없겠지 그는 제주 출장 가는 길에 참변을 당해서 그리 애 터지게 모은 송판 한 상 써보지도 못한 채 죽었다고 한다

나는 소나무 향기가 진동하는 오두막에서 빨간 우산 도장이 찍혀 있는 나무판자들을 만져본다 내 할머니가 죽은 후 열어본 장롱 서랍 안에 가지런했던 새 옷들처럼 까칠까칠하다 왜 할머니는 그

좋은 옷 다 놔둔 채 태연히 누추한 옷만 입다가 돌아가셨을까

　나는 할 만큼 했다 내 부모는 고집스런 나의 못을 빼는 재미를 누렸을 것이다 나름의 좋은 대못을 박아 뭔가 만들어보려고도 했을 것이다 나 때문에 시간 가는 줄 모르고 도를 닦았으므로 지금 나에게 더 이상의 기대와 요구를 하는 건 무리다

　매트리스 위에서 뒤척이기만 해도 세 평 크기의 아담한 집 자체가 흔들린다 못이 있어서 목숨이 붙어 있는 사물들 그리고 고라니 울음소리 다시 달밤이 뒤흔들린다 달이 액자처럼 흔들린다 친구는 코를 골며 눈을 뜬 채 자고 장이 멀다는 핑계로 내일 아침밥도 굶길 것이다 개밥은 챙겨주면서

　벽면 판때기의 귀여운 빨간 우산은 유통 도중 비를 맞히지 말라는 표시고 숨을 쉬라고 이 구멍들을 뚫어놓은 건가 왠지 답답하다 가슴에 오목하게 팬 작은 못에서 드디어 피라미만 하게 놀던 내 영혼이 말라 죽나 보다

# 문성해

## 조그만 예의 외

1963년 경북 문경 출생.
1998년 『매일신문』, 2003년 『경향신문』 등단.
시집 『자라』 『아주 친근한 소용돌이』 『입술을 건너간 이름』.

# 조그만 예의

새벽에 깨어 찐 고구마를 먹으며 생각한다
이 빨갛고 뾰족한 끝이 먼 어둠을 뚫고 횡단한 드릴이었다고
그 끝에 그만이 켤 수 있는 오 촉의 등이 있다고
이 팍팍하고 하얀 살이
검은 흙을 밀어내며 일군 누군가의 평생 살림이었다고

이것을 캐낸 자리의 깊은 우묵함과
뻥 뚫린 가슴과
술렁거리며 그 자리로 흘러내릴 흙들도 생각한다

그리하여
이 대책 없이 땅만 파내려 가던 붉은 옹고집을
단숨에 불과 열로 익혀내는 건
어쩐지 좀 너무하다고

그래서 이것은
가슴을 퍽퍽 치고 먹어야 하는 게 조그만 예의라고 생각한다

# 오늘도 나는 쪼그리고 앉습니다

연골연화증에는 좋지 않다고 하지만
쪼그리고 앉는 자세는 평퍼짐하게 앉는 것보다
골똘하기에 좋습니다
무릎에 젖가슴을 대고 앉아 있으면
아궁이 앞에 쪼그리고 앉아 장작불을 바라볼 때처럼
맘이 한곳을 보게 됩니다
이러고 있으면 당신을 더 잘 볼 수 있고
당신이 나에게 질리기 전에 무릎을 펴고
당신을 훌쩍 더 잘 떠날 수 있습니다
무릎과 가슴이 딱 붙어
외따로이 팔만 내민 채 무언가를 납땜질하는
당신은 곤충과도 닮았습니다
그런 당신을 납죽 들어다가 산속에 놓으면 바위가 되고
들판에 놓으면 탑이 됩니다
쪼그리고 앉는 일은
바닥도 허공도 아닌
오로지 나에게만 속하는 일
오늘도 나는 이 새벽 이부자리 위에
이제 막 직립을 시작한 원시인처럼

쪼그리고 앉습니다
이러고 있으면 재래식 화장실에 앉아
신문지 조각을 읽을 때처럼 엉덩이가 시려옵니다
아직 이러고 앉아 득도한 사람은 없나니
바위와 바위 사이 무릎을 비비며 우는 귀뚜리나 여름 여치들,
무릎으로 걸어가는 왜소증 사람들만이 나의 가련한 신도들,
우리의 일이란 그저 틈이란 틈은 다 찾아 들어가서
쪼그리고 앉아 하루 종일 울거나 멍때리는 일,
맘이 몸을 이기는 날
우리는 득도에 이를 겁니다

# 조조영화를 보러 가다

오늘은 영화관에 개봉하는 영화가 없고
출출한 내 눈이 들판으로 향한다

그곳에는 아직 개봉되지 않은
지평선이 있고
새소리가 있고
구름이 있고

오늘 하루 내 마음은 누구에게도 개봉되지 않은
봉합된 편지이자
봉쇄된 수도원

우리는 아직
개봉되지 않은 영혼
개봉을 기다리는 두근거리는 필름이고

언젠가 우리의 딱딱한 무덤을 열고
육체를 개봉할 벌레의 입이여

그때 나는 목구멍 속에서 꺼내놓으리
숙성된 열매가 터지듯
가장 저음의 탄성을

# 돌이 짓는 옷

국립대구박물관 유리관 너머
고대의 직조기를 보며
옛적의 옷은 하늘이 내렸다는 생각이 간절해진다
누군가에게서 혈관을 뽑듯 실을 뽑는 일도 그러하지만
무엇보다 천천히 은하수를 횡단할 것 같은
이 한 좌의 별자리 같은 직조기가
날실마다 돌멩이 하나씩을 매단 것을 보니
더욱 그러한 생각이 든다

밤이 깊도록 한 사람을 생각하며
돌멩이를 엇갈리며 옷을 짓는 사람과
그 옷을 기다릴 벌거벗은 사람을 생각했다
벌거숭이 몸을 물들인 최초의 부끄러움은
복숭앗빛이었을까
터질 만큼 다홍빛이었을까

몇 날에 걸쳐
강물에 징검돌이 놓여지듯 직물은 더디고 더뎌
헐벗은 등이 서너 필의 아마포를 두르려면

수 세기는 걸려야 하리
빙하기도 산사태도 다 지나야 하리

거미가 앉아 짓다 달아난 것 같은
고대의 직조기 앞에 서면
덜렁거리는 젖퉁이나 불두덩이를
가리는 일이 다 몹쓸 짓 같다
바위선사처럼 사람도 이끼 옷이나 해 입어야 할 것 같다

그리하여 돌이 지은 옷에는
달과 바람과 밤의 물결무늬가 다 들어 있으리
긴 세월 지나면 옷도 돌무덤처럼 딱딱해지리

색색의 옷으로 치장하고
한반도의 명동을 활보하는
저 방년의 처자들은 모르리
실들이 돌멩이를 매단 채
걸음을 떼던 극한의 시절을
무명無明의 밤에도 멈출 수 없는

# 밥이나 한번 먹자고 할 때

서너 달이나 되어 전화한 내게
언제 한번 밥이나 먹자고 할 때
나는 밥보다 못한 인간이 된다
밥 앞에서 보란 듯이 밥에게 밀린 인간이 된다
그래서 정말 밥이나 먹자고 만났을 때
우리는 난생처음 밖에서 밥을 먹는 사람들처럼
무얼 먹을 것인가 숭고하고 진지하게 고민한다
결국에는 보리밥 같은 것이나 앞에 두고
정말 밥 먹으러 나온 사람들처럼
묵묵히 입속으로 밥을 밀어 넣을 때
나는 자꾸 밥이 적으로 보인다
그래서 밥을 혀 속에 숨기고 웃어 보이는 것인데
그건 죽어도 밥에게 밀리기 싫어서기 때문
우리 앞에 휴전선처럼 놓인 밥상을 치우면 어떨까
우연히 밥을 먹고 만난 우리는
먼산바라기로 자꾸만 헛기침하고
왜 우리는 밥상이 가로놓여야 비로소 편안해지는가
너와 나 사이 더운밥 냄새가 후광처럼 드리워져야
왜 비로소 입술이 열리는가

으깨지고 바숴진 음식 냄새가 공중에서 섞여야
그제서야 후끈 달아오르는가
왜 단도직입이 없고 워밍업이 필요한가
오늘은 내가 밥공기를 박박 긁으며
네게 말한다
언제 한번 또 밥이나 먹자고

# 거지의 입맛

눈 오는 아침
혼자 밥에 열무김치를 비비는데
기특하게도 입안에 침이 고인다

동구 밖 김장터에 둥지 틀었던 그 여자 거지
식전 댓바람에 남의 집 대문을 두드리진 못하고
밤새 서리 앉은 밥과 반찬을 슥슥 비빌 때
그 입안에 괴던 침이 내 안에도 괴는 거였다

서걱이는 얼음이 이빨에 박히면
지푸라기 묻은 잠도 진저리 치며 물러나고
또 한기처럼 몰려오는 한 끼여

열무 속으로 와서 찰지게 박히는
싱싱한 거지의 어금니는 못 따라갈지라도
울컥울컥 넘어가는 목울대 정도는 흉내 내며
나도 끼니처럼 시를 생각해야지

이 밥을 다 비벼 먹으면

때 전 모시 적삼 위에 누더기를 걸치고
또 멀리 밥을 빌러 가던 그 여자 거지처럼
나도 시를 빌러 나가야지

뉘 집 연기 오르는 것만 봐도
화사한 침이 그득히 고이는 거지의 입안처럼
나도 어디 선뜻한 데를 만나면
찌르르 유선이 당겨지는
이 거지의 입맛을 닮은
나의 시업

# 하문下問

이 길고 멀고 오래된 것은 어디서 오나

이 차고 습습하고 묵은내가 나는
내 철들자 맞기 시작한
어떤 상담교사보다도 더
귀에 쏙 맞는 말씀을 담아주는 이것은

내 어미가 싱싱한 허벅지를 걷고
헌 칫솔로 한바탕 시멘트 마당을 벗기고 나면
꼭 들이닥치던 이것은
내 아비가 장롱 손잡이에 혁대를 걸고
면도칼을 갈며 바라보던 이것은

내 이마를 지나 코끝을 지나
장미 꽃잎을 지나 꽃받침을 지나 잎사귀를 지나
땅에서 난민처럼 버글거리는 이것은

먼 산도 넓은 벌도 앞 도랑도
막 매달리기 시작한 포도도 착하게 맞고 있는 이것은

마침내 자두 맛 참외 맛 수박 맛도 다 업어 가는 이것은

# 박형준

## 손톱 외

1966년 전북 정읍 출생. 1991년 『한국일보』 등단.
시집 『나는 이제 소멸에 대해서 이야기하련다』 『빵 냄새를 풍기는 거울』
『물속까지 잎사귀가 피어 있다』 『춤』 『생각날 때마다 울었다』 『불탄 집』.
〈동서문학상〉〈현대시작품상〉〈소월시문학상〉 등 수상.

# 손톱

동구 밖,
어머니 무덤에 잠깐 들렀다가
고향 마을을 지나갑니다
이제는 돌아갈 집이 없고
부를 이름도 없는 곳
저녁밥 짓는 연기 속에서
누군가를 부르는 목소리는
여전히 들려옵니다
노인들만 남은 마을에
아직은 부를 이름이 남아 있나 봅니다
그 부르는 이름에
뒤돌아보니,
어머니의 무덤도
손톱같이 반짝입니다

# 번개에 불이 이는 나무뿌리들

벼랑에 뿌리 내린 소나무
바람에 흔들리며 날개를 퍼득이다

바위를 뚫고 허공에 삐져나온 흰 뿌리들
불타는 뿌리에게서 새의 외침을 듣는다

무언가를 신고 있는 것 같다
바위를 뚫고 흔들리는 흰 뿌리들,
허공이라는 신발을 신은 소나무,
벼랑에 뿌리 내린 강인한 정신에게
가장 연약한 맨발이 숨어 있다

벼랑에 이는 바람에 흔들리며
날아갈 듯한 뿌리들
허공에서 꼼지락내는 발가락들이,
나무의 맨발이,
벼랑에서 소나무 뿌리들이,
새의 외침처럼 바람 속에서 외쳐 부르고 있다

공기의 푸른 삶이여
창공의 슬픈 노숙을 보아라
온통 허공에서 날아오를 듯 정지한
날개의 몰입 속에서
이슬을 불꽃처럼 맺고
찰나에 불타버리는

번개에
불이 이는 뿌리,
그 불꽃,
바위를 뚫고 나온
허공의 외침,
불의 말,
불의 비상,
혹은 피닉스

# 냄새의 고독

꼭 쓰고 싶은 시가 있었다 냄새의 근원을 찾아 여행을 떠나는 한 사내의 이야기

어느 날 한 사내는 자신의 내부에서 어떤 냄새가 나는 것을 느꼈다 자기도 모르는, 이 세상에서 한 번도 맡지 못한 냄새였다 그는 처음엔 그 냄새가 추억 속의 어떤 냄새이리라 생각했다 그래서 그는 한동안 냄새의 추억록을 작성해나갔다 하지만 그는 그 목록에서 자신의 안에서 맡아지는 냄새와 유사한 것을 발견하기는 했지만 똑같은 냄새를 발견할 수가 없었다 드디어 사내는 자신의 안에서 맡아지는 냄새를 찾기 위해 진귀한 향료로 가득한 세상의 모든 음식점을 찾아 떠나기로 했다 그 냄새를 꼭 어떤 음식점에서 찾을 수 있을지 알 수 없었으나 그는 여행 중에 그 냄새를 찾을 수 있을 거라 생각했다

물론 사내의 이러한 냄새에 대한 명상의 기원을 찾고자 한다면 못 찾을 이유도 없다 마을의 가장 움푹한 곳, 그곳이 사내가 태어나서 자란 집이었다 마을 사람들은 그 집을 움팍집이라 불렀다 그 움푹한 단칸 오두막집에서 열한 명이 살았다 부모와 할머니, 그리고 2남 6녀의 형제와 자매들, 밤이면 서로의 팔이 붙어버릴 정도로

다닥다닥한 잠, 그때를 회상하면 사내에게 가장 먼저 떠오르는 영상이 치매에 걸린 할머니가 벽에 처바른 변 자국이었다 이 최초의 영상은 사내의 심연 가장 아랫단에 위치해 있는 것이다 식구들이 모두 나가 있는 낮에 사내는 할머니와 놀았는데 그건 고독의 놀이가 아니었던가 싶다 한번은 부엌에서 할머니가 사내에게 콩나물을 삶아주었던 적이 있다 콩나물을 시루째 가마솥에 넣고 할머니가 아궁이에 장작불을 지폈다 콩나물 시루가 통째로 다 익자 할머니는 가마솥에서 콩나물을 하나씩 뽑아 사내에게 먹여주었다 사내도 그런 할머니에게 할머니처럼 똑같이 콩나물을 입에 넣어주었다 밤이 되어 누이들이 돌아왔고 사내는 누이들과 그림자놀이를 하였다 할머니가 벽에 처바른 변 자국 위에서 어른거리는 그림자들, 토끼나 여우나 호랑이 같은 짐승들이 말라붙은 그 변 자국 위에서 변형되어가며 나타났다가 사라졌다

그러나 그 시는 완성되지 않았다 언제나 냄새를 찾아 떠나는 여행

나는 냄새로 풍겨 나오는 어린 시절을, 벌레들을 살찌우듯이, 자기 몸속에 간직하고 있는 사내를 뒤지는 일에 천 년만큼 매달렸다

그 첫머리에서 중단되곤 하였다 사내에게 할머니의 냄새, 벽의
변 자국 냄새와 콩나물 냄새란 기억과 상상이 분리되지 않는 최초
의 태고에 해당될 것이다 틈만 나면 나는 그 시를 새로 썼지만 언
제나 서두를 맴돌 뿐이었다 이십 대 중반에 쓴, 그 뒤로 20여 년에
가까운 시간 동안 그 시를 새로 써나가며, 나는 가끔씩 그 씌어지
지 않는 시에 대해 명상을 하곤 한다 내가 이제껏 쓴 시들은 떠나
고 싶지만 떠나본 적 없는 냄새의 여행과 그 씌어진 적 없는 사내
의 미래와 삶의 여백에서 온 흔적이거나 낙서일 수도 있겠다는 생
각을 한다

내 마음의 어떤 상태와 세계의 어떤 부분이 들어맞는

마치 뚜껑을 닫을 때 보석상자가 딸깍하고 소리가 나는

그러나 그러고 나서 아무 일도 없다는 듯 침묵이 자연스런

# 불빛

아파트 저층 창문에
비치는 비의 그림자,
침묵으로 그은
가는 비가 반짝인다

빗속의 불빛에
기다리던 사람의 눈처럼 환한
나방 한 마리 날아온다

나방의 무늬에는
눈이 들어 있다
별의 눈인 듯 사람의 눈인 듯
가는 빗속에서 너울너울 날아오는
날개의 무늬

빗속에서
떠오르는 불빛,
창문에 달라붙은
나방의 무늬들

# 봄 빨래

내가 창을 열었을 때
나무의 잎들은 피어 있었다

내가 마음속으로만 하겠다고 미뤄온 밀린 그것들을
잠시 낮잠에 빠져든 사이
봄바람,
겨우내 밀린 빨래를 눈치채이지 않게 하고 있나

내가 휴일 날 하겠다고 미뤄온 밀린 빨래들을,
초록의 빨래를,
저렇게 촘촘하게 널어놓고 있나

빨래를 널며
빨래 사이로 잠깐 보이는 얼굴이여
죽은 자의 수의壽衣에 비치는 실루엣이여

창밖의 미루나무 한 그루
나뭇가지 사이에서 종일 빨래를 하고 가는 이

기다리는 사이 떠나가버리는 사랑하는 이의
숨결이여

# 달밤의 외기러기 소리

남도의 진득진득한 황토와
가을 하늘의 드높은 청명함이 어우러진
이 가없이 열리는 노래 속은.
내 돌아가신 아버지와 어머니의 애달픈 말이
다 들어 있는 듯 울리는 이 소리는.
남도의 바다, 설운 파도란 파도의 기억은 모두 간직한 채
진득진득한 뭍으로 올라와서
마침내는 무구하고 단단한 정수가 되는
이 소금의 노래는.

사람들은 갈빗대 하나가 없는 이화중선의 소리가
거기서 나온다고들 하는데,
만정 김소희의 소리에는
그 이화중선의 없는 갈빗대가
목울대에서 울고 있는 것 같다.
그 갈빗대 하늘로 떠올라서
만조를 이뤄 더 이상 꽉 찰 데 없는 가을밤
보름달 아래 비켜 가는 외기러기 날아가는 것 같다.
마침내는 내 안에서 울며

설움을 반짝반짝한 소금으로 아홉 말은
다 지나가는 가을 뜰에 내리붓고 있는 것만 같다.

# 고사목

옆구리에서
꽃이 나오는 나무여
그늘을 찾아
얻어맞은 등허리를 누이고
몸을 말고 있는 복날의 개여
욱신거리는 마음을 핥는
붉은 혓바닥이여
꽃이여
무엇을 핥으러 나오시나
꽃은 나를 핥고
개는 자기 등을 핥는,
저물면서 끝나지 않는
이 길고 깊은 여름 길

# 신용목

## 절반만 말해진 거짓 외

1974년 경남 거창 출생.
2000년 『작가세계』 등단.
시집 『그 바람을 다 걸어야 한다』 『바람의 백만번째 어금니』 『아무 날의 도시』.
〈시작문학상〉 〈육사시문학상 젊은시인상〉 수상.

# 절반만 말해진 거짓

이제 놀라지 않는다
새가 실수로 하늘의 푸른 살을 찢고 들어간다 해도

그것은 나무들의 짓이라고
오래전 내가 청춘의 주인인 슬픔에게 빌린 손으로 연못에 돌을
던졌던 것처럼
공원 새들을 모조리 내던지는
나무들,
서서 잠든 물의 무덤들

저녁의 시체들
가을이 새의 울음을 짜내 신의 예언을 죄다 붉게 칠했으므로

이제 집으로 돌아가자
그날, 마지막으로 던졌던 반지의 금빛 테를 가진 달빛조차도
손목을 그은 청춘의 얼굴로 늙어가니
집으로 돌아가
최대한 따뜻한 밥을 하고 뭇국을 끓여 상을 차리고
마음을 지우고 나면,

남는 자신을 앉히고

맞은편에
희미하게 맺힌 물빛으로 앉아
눈에서부터
긴 눈물의 심을 빼내기라도 한다면 구겨진 옷가지처럼 풀썩 쓰
러질 자신을 향해
밥그릇 속에서 달그락거리는 수저 소리로,
걸어가거나

형광등 빛을 펴 감싸주며

아니면, 집으로 돌아가
온몸 뜨거운 물에 흠씬 적신 뒤 뿌옇게 김이 서린 거울을 훔치며
이렇게 말하는 것이다
나는 네 몸이 아프다
네가 내 몸을 앓듯이
그러니까
누구도 대신할 수 없는 위로가 있어서

물끄러미 나라고 이름 붙인 장소에서 가여운 새들을 울음 속으로 날려 보내며
중얼거린다
절반만 거짓을 믿으면
절반은 진실이 된다고,
어쩌면 신은 우연을 즐기는 내기꾼 같아서 하나의 운명에 보색을 섞어 빙빙 돌린다
그러나

여름을 윙윙거리던 공원의 벌들도 열매가 꽃의 절반을 산다고 믿지 않는다
꽃이 열매의 절반을 가졌다고도
믿지 않지
다만 우리가 별들의 회오리 속에서 청춘을 복채로 들었던,
모든 예언은 절반만 말해졌다는 것

그리고 그 나머지를 실현하기 위하여 삶이 아프다는 것

이제 놀라지 않는다

모든 나무가 지구라는 둥근 과녁을 향해 날아든 신의 화살이었
다 해도
우리가 과녁의 뚫린 구멍이라고 해도,
뽑힌 나무라 해도

나무는 자신의 절반을 땅속에
묻고 있으므로,
내가 거울 속으로 손을 집어넣어 자신의 목을 조르는 밤을 견디
는 것처럼

# 드레스

겨울이 새의 둥지를 허무는 것을 보았다 고요해서, 아프지 않았
다 고요해서
　아름다운, 멸망─잊기 전에
　잊힐 것 같았다


　겨울이 내 손에서 낯선 계절을 읽었다, 겨울의 토요일
　나는 손금의 길 하나를 알려주었다, 겨울의 적령기


　새의 울음은 깨문 자국처럼 떠다녔다


　아프지 않냐고?
　물으면,
　상처처럼 벌어져 있는 게 시간이라고 말해주고 싶었다 눈보라,
겨울의 드레스
　축포처럼 태양


　새들이 날아올랐다 그때, 나무가 겨울의 신부라는 것을 알았다
겨울 앞에서만
　옷을 벗는

울음이라는 난파선, 검은 상처

나무의 둥지는 어디입니까?
눈이 내렸다
나무는 오직 발자국 하나를 찍으며 서 있지만, 그 발자국 끝내
메우며 죽는다는 것—눈보라

잊어라, 멸망하듯
그때 이렇게 말했다, "어디에도 없는 곳으로 뻗어나간 겨울의
해안선을 보았다"
오직 겨울의 모래 알갱이로 눈을 씻는, 허공에
부서진 벌집의 고요함으로

점 점 점 허물어지고 있었다
아프지 않았다

# 마리오네트

　그는 구름을 받쳐놓은 투명 막대기를 조금씩 유칼립투스 숲으로 옮겨놓는다 뒤로는
　바람의 비닐 망토를 멀리까지 펼쳐놓고

　또 강물에 손을 넣어 부드럽게 휘젓는다 물고기들을 이리저리 손가락으로 튕기면서

　바다라고 이름 붙인 물의 야적장

　그는 푸른 커튼 뒤에서 흰 달을 불고 있다 보름에 한 번씩 터지는 풍선이
　새벽 유리창에 뿜어놓은 병자의 입김처럼
　부푼다
　햇살이 반만 드는 오후의 교실에
　흔들리는 아이들의 손처럼
　솟아오른 굴뚝에 한 줄씩 연기를 묶어서는 비스듬히 지붕들을 매달아놓고

　거기 포도씨를 뱉어내듯 그어지는 새들의 포물선

노동자의 빈손을 늘어뜨려놓고


날마다 다른 옷을 갈아입힌다
툭 바닥에 쓰러져
서로를 부둥키며 뒤엉켜도 이름이 바뀌지 않도록
백수에게는 백수의 옷을 벗기고
백수의 옷을
쌀 한 톨의 키와 물 한 모금의 무게 다음에도 변함없는 배역을
위하여
아들에게는 다시 아버지의 옷을


어느 날 나의 머리 앝은 항아리에 뭉툭한 주걱을 꽂아둔 채
그는 내 몸에 슬픔의 밀반죽을 하고서는 한 접시를 덜어 자신의
저녁 식탁 위에 올려놓았다
지지 않는 빨간
꽃을 그린 설탕 그릇과 함께


그러나 나는 먼 대륙에 떨어진 돌을 보며 너는 잠자는 영혼을 가
졌구나

내리치는 모든 이유를 온몸의 통증으로 채워놓은 해머로
깨뜨려도
깨지 않는 영혼을 가졌구나

그는 잔디밭 노란 공을 들고 마미마미 달려가는 아이의 발목에
죽은 박쥐의 날개를 묶어놓았다
그림자 속에서
아무도 아이의 눈동자를 보지 못했다

# 호모 도미나이쿠스

나는 신들의 발자국을 보았다―지상에 찍힌, 인간이라는 (그래,
그것이 신들의 일이라면
발자국도 한군데 붙박여 있을 리 없지)
자고 일어나고 걷고 쓰러지는, 발자국들
어느 순간,
사라지는 발자국들

하나의 발자국을 마중하기 위해 앞의 발자국들이 웃고 하나의
발자국을 배웅하기 위해 뒤의 발자국들이 운다

어느 해 폭우를 기억하고 어느 해 폭설을 기록하고 어느 해의 폭
풍과 지진과 해일이여,
어제의 노을처럼
양 떼는 구름처럼 계절의 산 너머로 사라졌고―버려진 대지에
남겨진 돌무더기, 그러므로

우리는 신들의 멸종을 너무 오래 증명한다

너무 깊게 파였거나

얕아라,

오래전 우기에 쏟아진 핏물 고인 웅덩이, 거기가 몸이라고—돌
이 날아든다

심장처럼 뛰면서

땅을 적시면서 한순간 깊이 파인 골짜기, 거기가 생이라고—영
원의 화석으로 굳어버린 발자국에게

신의 발자국으로 찍힌 것이 삶이라면, 사랑은 신이 떨어뜨린 심
장일지도 모르지

신의 심장을 주워 들고 온 날을 기억한다

발자국마다 출렁이는 피의 파도가 그 깊이에서 넘쳐 이번 생의
붉은 식민지를 한 폭의 지도로 완성할 때,

우리는 슬픔이라는 나라의 지워진 국경을

너무 오래 끌고 다녔다, 그러므로 (사라진 망명지를 향해 영원
히 걷고 있는 행렬처럼)

양 떼들의 풀밭에 질척이는 심장을 내려놓고

돌 하나를 집어 갈 것

발자국 위에 놓을 것

신들도 때로는 제가 던진 돌멩이에 걸려 넘어졌을까?
넘어져서, 다시 땅을 짚고 일어났을

신들의 손자국을 나는 보지 못했다

# 가을

그해 가을 나의 메모는 이것이었다. "모든 맹세는 죽은 심장을 가지고 태어난다."
태어난 시체는 아무것도 할 수 없지만,

다시 죽을 수도 없었다.

슬픔이 어디론가 가고 있었다, 운구의 조용한 행렬처럼.
그것을 낙엽이라 부를 수 없었다.

다만,
알 수 없는 것이 텅 빈 시간을 찔러, 몸이라는 상처를 남겼다는 것을,
몸이라는 상처 때문에
영혼이 날아가지 못한다는 것을,

알았다.

그리고 하나의 시체에 꼭 하나의 죽음만 달라붙어 있는 게 아니라는 것을.

그해 가을 나는 궁금했다,
시체도 절망하는가,

보이지 않는 눈으로 소리 없이 우는가.

그러나 이미 알고 있었다.
모든 시간이 낙엽 위에 쓰고 있었으므로, 우리가 낳은 시체에 대해 맹세에 대해.
혹은

몸이라는 압정에 박힌 영혼의 날개에 대해.

# 아름다운 풍속

저녁이 손가락을 잘라 갈 것 같다, 그것을 만졌으므로
그것은 지붕 위로 사라지고

"구름은 참 여러 개의 꼬리를 가지고 있구나"
그러나 오늘은 풍속에 대해서만 이야기하자

이곳은 하루에 한 개씩 손가락을 바치는 사람들이 사는 마을이
다, 일주일을 살고 나면
세 개의 손가락을 흔들며, 들쥐처럼
광장으로 몰려오고

그때마다 하늘은 교황의 허수아비 속에 산 고양이를 넣고 불태
우는 놀이를 한다
아름답다, 고양이 비명처럼 번지는

"불붙은 꼬리는 어디에 숨어 몸통을 태울까?"
그리고 깨닫는다, 모든 고통은 후일담이라고

죽은 나무를 눕히기 위해 밤이 온다고 했다 거리의 검은 봉지를

데려가기 위해
　거리의 검은 봉지를 뒤집어쓰고

　검은 봉지에 갇혀 검은 봉지를 검은 봉지로 만드는 밤

　사람들은 한쪽 눈썹을 밀 것이다, 고양이가 죽었으므로

　그것이 잘린 일곱 개의 손가락이었는지 남은 세 개의 손가락이
었는지 알 수 없었다,
　검은 봉지라는 비명의 얼굴이

　찢겨진다, 허수아비 죽은 나무로 만든 교황의 아름다운

# 이곳에 와서 알게 된 것

오클랜드 해변에서
파란 눈의 아이가 나를 올려다보았다, 모래의 몸에서 솟아오른
민달팽이 눈처럼
건드리면,
모래 속으로 숨어들 것처럼

이곳에 와서 알게 된 것은
우리가 딛던 바닥,
그 아래로도 하늘이 펼쳐져 있었다는 사실

우리가 서로 발바닥을 맞대고
있었다는 사실, 때로는
엉덩이끼리

민달팽이가 오클랜드 해변에 매달려 있었다, 하얀 몸에서 솟아
난 수많은 눈들을
아득한 천정, 찔린 듯 파란
바다를 향해 늘어뜨리며

이곳에 와서 알게 된 것은
안녕,
서쪽 바닷가 민달팽이 물빛으로 떠오르는 비행기를 향해
낮아지는 도시의 지붕들을 내려다볼 너를 향해
잘 지내,
파도처럼 손을 흔들던 하늘

그 높이가 사실은 바닥없는 낭떠러지였다는 것

집을 버렸다, 그것이 어느새 파란 눈의 아이가 나를 올려다보는
이유이거나
반짝이는 모래 위에
남십자성, 한 번도 본 적 없는 별자리가 쏠리는 이유이거나
너를 잊은 이유

민달팽이는
엎드린 것인지 매달린 것인지
물을 떠나온 것인지 뭍을 떠나온 것인지

집을 버리고, 더는 숨을 바닥이 없는 몸

오클랜드 해변에서
민달팽이가 길게 나를 휘감고 있었다, 여기까지 날아와 기필코
나를 찾아내는
치욕처럼

이곳에 와서 알게 된 사실은
아무리 밟아도,
파란 눈의 불안은 죽지 않고 내 몸의 해변을 기어 다닌다
는 것

# 이준규

## 비 외

1970년 경기도 수원 출생.
2000년 『문학과사회』 등단.
시집 『흑백』 『토마토가 익어가는 계절』 『삼척』. 〈박인환문학상〉 수상.

# 비

추적추적 내리던 비, 골목에 추적추적 내리던 비, 오늘, 종일,
골목에 추적추적 내리던 비는 더욱, 오늘 골목에 종일 추적추적
내리던 비는, 오늘 골목에, 오늘 골목에 추적추적, 오늘 골목에
추적추적 내리던, 오늘 골목에 추적추적 내리던 비는 참으로,
오늘, 오늘 골목에 추적추적 내리던 비는, 너는, 더욱, 오늘
골목에 추적추적 내리던 비, 오늘, 너는, 지난, 날들, 오늘,
언제나, 옛날의, 오늘 추적추적 내리던, 골목, 오늘 종일
추적추적, 내리던 비는, 오늘, 너를, 우리를, 오늘 골목에
추적추적 내리던 비, 오늘, 옛날에, 오늘 골목에 추적추적
내리던 비는, 골목을 움직이게 하고, 오늘 골목에 종일 추적추적
내리던 비는 너를 닮은 골목이 걸어가는 것 같았고, 오늘 종일
골목에 추적추적 내리던 비는 너의 아픔과 슬픔을 우기의
손님처럼, 오늘 추적추적 내리던 비는, 오늘 추적추적 내리던
비는,

# 그는

　그는 집을 나선다. 그는 우산, 노트, 볼펜, 이준규, 오규원, 백석을 넣고 집을 나선다. 그는 가방에 타르코스, 베케트, 미쇼, 루카, 스타인을 넣고 집을 나선 게 아니다. 그는 가방에 노트, 볼펜, 이준규, 오규원, 백석과 우산을 넣고 집을 나섰다. 백석과 우산이라는 시는 없다. 백석과 우산이라는 시를 쓰고 싶다. 손목시계를 가방에 넣는 건 잊었다. 가방에 들어갈 수 있는 건 많다. 가령 머신건. 가방은 외래어이다. 구두와 담배가 외래어인 것처럼. 그는 집을 나섰다. 비는 내리지 않는다. 아직 태풍은 오지 않는다. 그는 면도를 하지 않았고 바지, 셔츠, 팬티, 양말, 운동화의 평범한 차림이다. 바지라는 단어는 이상하다. 치마라는 단어도 그렇다. 어원을 예측할 수 없는 단어들. 백석의 시집에 나오는 음식들을 나열해볼 수 있다. 청배, 호박잎, 붕어곰, 장고기, 붕어, 농다리, 매감탕, 인절미, 송구떡, 콩가루차떡, 두부, 콩나물, 잔디, 고사리, 도야지비게, 무이징게국, 김, 니차떡, 청밀, 은행여름, 곰국, 조개송편, 달송편, 죈두기송편, 밤소, 팥소, 설탕 든 콩가루소, 돌나물김치, 백설기, 제비꼬리, 마타리, 쇠조지, 가지취, 고비, 고사리, 두릅순, 회순, 산나물, 물구지우림, 둥굴네우림, 도토리묵, 도토리범벅, 광살구, 찰복숭아, 당세, 찹쌀탁주, 왕밤, 두부 산적, 밥, 술, 떡…… 많다. 나중에 다 찾아 써보겠다. 잔디도 먹는가? 잔디는 짠지의 사투리다. 오규원의 시에 등장하는 나무와 풀과 새의 이름을 다 찾아 써볼까 생각한다. 그럴 수도 있고 안 그럴 수도 있다. 그것은 의미 있을 수도 있고, 의미 없을 수도 있는데 의미는 이미 나와 상관없다. 그는 가방을 들고 집을 나섰다. 언덕이 하나 둘 셋 넷 다섯 여섯 일곱…… 있는 길을 지나 어떤 실내로 들어서 있다. 동교동의 호평빌딩. 호평빌딩의 실내. 실내의 그와 삼 인. 세 사람. 그들은 모두 무언가를 쓰고 있다. 2013년 여름의 우기에. 비가 내리지 않은 어느 날. 그는 오전에 다시 시를 쓸 수 있으리라고 생각했다.

# 지렁이

지렁이는 마르고 있었다. 누치가 물 위로 뛰어오를 때마다 너의 구두는 삐걱거렸다. 그는 돌아올 수 없는 길을 가고, 강변의 환삼 덩굴은 나날이 무게를 더했다. 신문 오토바이 지나가고 첫 새가 운다.

나는 조금씩 지워지고 있었다.

───

# 거울

해가 지고 있다. 해가 지고 있어. 그가 말했다. 그래 해가 지고
있지. 그녀가 말했다. 해가 지고 있으니 뭘 할까. 그가 말했다. 모
르겠어. 그녀가 말했다. 술 마실까. 그가 말했다. 모르겠어. 그녀가
말했다. 울지 마. 그가 말했다. 안 울어. 그녀가 말했다. 울고 있는
거 같은데. 그가 말했다. 안 울어. 그녀가 말했다. 술 사 올까. 그가
말했다. 그래. 그녀가 말했다. 그는 술을 사러 나간다. 해 지는 겨
울. 그가 술을 사러 나간 사이에 그녀는 죽지 않겠지. 그는 빨리 걷
기 시작했다. 해가 지고 있다. 그는 가게를 지나쳐 계속 걸었다. 그
는 돌아가지 않을 것이다. 어두워지기 시작했다. 해가 졌어. 그녀
는 중얼거렸다.

나는 겨울 거울 속의 너를 보고 있다.

# 계단

가도 가도 눈이었다. 당신은 나를 영원히 바라보았다. 나는 언덕을 오르다 돌을 줍기도 했다. 주운 돌을 주머니에 넣고 가도 가도 눈이었다. 우체국에서 우표를 사기도 했다. 숲 속에서 검은 잎을 줍고 가도 가도 눈이었다. 강에 나가 오리를 셌다. 노랑턱멧새를 만나기도 했다. 당신은 참 좋다고 했다. 당신은 미안하다고 했다. 가도 가도 눈이었다. 가도 가도 눈이었다.

나는 당신의 계단을 오른다.

# 봄

하루에 한 번 처용단장을 읽고 하루에 한 번 울 수도 있지만, 하루에 두 번 처용단장을 읽고 하루에 두 번 울 수도 있다. 당신이 VOU 하면 나도 VOU 하고, 당신이 울지 말자, 하면, 나도 울지 말자, 한다. 산다화여.

사다리차가 사다리를 올리고 있다.

# 볼펜

반포에 있었고 풍납동에 있었다. 꽤 추운 날씨였다. 집에 오는 길에 요코하마라는 이름의 라멘을 사 먹기도 했다. 꽤 추운 날씨였다. 검은 볼펜이 잔뜩 담긴 비닐 봉투를 손에 쥐고 있었다. 누군가에게 주고 싶었다. 너를 그리워하는 것 같았다. 어떤 바람에는 몸이 밀리기도 했다. 겨울이 오고 있었다.

어두운 창밖을 돌아본다.

# 황성희

## 어젯밤 귤 외

1972년 경북 안동 출생.
2005년 『현대문학』 등단.
시집 『앨리스네 집』 『4를 지키려는 노력』.

# 어젯밤 귤

어젯밤 꿈에 귤이 나왔어. 귤을 귤이라 부르는 사람도 나왔어. 귤을 파는 사람도 나왔어. 사는 사람도 나왔어. 귤은 모르면서 귤 맛은 아는 사람도 나왔어. 귤을 만지면서 귤을 못 믿는 사람도 나왔어. 세상의 모든 귤을 훔치겠다는 사람도 나왔어. 계수나무 대신 귤나무를 심겠다는 사람도 나왔어.

귤을 처음 발견했다는 사람이 나오자 사방에서 야유가 쏟아졌어. 귤을 처음 만들었다는 사람이 나오자 사방에서 귤을 던져댔어. 모든 귤이 당신 때문이야. 나는 꿈의 한 귀퉁이를 찢어 뭉친 다음 그 사람에게 던졌어. 새콤달콤한 세계에 대한 책임을 물었어. 그 사람의 대답은 귤에 가려 보이지 않았어.

나는 아니꼬운 마음에 귤 하나를 주워 들었지. 멋지게 침을 뱉어 주고 싶었는데 자꾸만 군침이 되어 입에 고였어. 귤은 귤답기 위해 필사적인 것 같았어.

# 자화상

무엇으로이얼굴을설명할까
지우개자전거와나무바람새
해가뜨면세번아침점심저녁
엄마라고부르는시간
나뭇잎을흔드는게바람이아니라면
무엇일까하루라고부르는이것은
이공포와지겨움과평화는
안과밖이공존하는이유리상자는
무엇일까한얼굴속두개의눈동자는
어깨를치는이사람들과작별인사는
검은눈물로만든길과채찍자국은
무엇일까모르면서이아는척하는것은
없으면서있는척옷을걸치는것은
태양이지나가는길위로
사과는사과로사과를속이고
너때문이야너말을할줄아는너
눈동자를찌른것은고맙게도나
유리창속실금을내며깨지는입
무엇으로이비명을설명할까

# 라면에 관한 오해

라면을 사기 위해 슈퍼로 가는 것은 옳은가
슈퍼 옆 포장마차를 힐끔거리는 것은
주인 여자의 육손을 궁금해하는 것은 옳은가
새끼를 밴 고양이의 저녁식사는 어떤가
새끼에게 고양이는 옳은가
라면을 따라 지갑을 빠져나오는 이 세계의 돈
손톱 끝에 매달려 구불거리는 손가락
거스름돈의 역사나 되짚는 머리는
하늘을 보는 눈동자는 옳은가
눈동자에게 하늘은 어떤가
옳은 것에 대해 생각하는 지금은
허공이 아닌 길을 밟고 있다는 확신은
조금 전 나왔던 집으로 다시 들어가
이대로 라면을 끓이는 것은
그러니까 옳은가

# 트랜스포메이션 굿

자고 일어나 보니 나는
온전한 애드벌룬이 되어 있다
몸에 난 구멍이 모두 막혔다
사방팔방에서 몸속을 드나들던
바람이 모두 멈췄다
더 이상 냄새가 나지 않는다
달력 밖에서 풍겨오던 온갖 향내들
냄새에 취해 감히 정오를 의심하던
시절들은 사라지고 구멍은 막혔다
아무 숫자나 시계 속에 들어가는 건 아니다
눈알이 눈동자에 딱 맞는다
팔이 팔 속에 꽉 들어찬다
어제는 어떤 여자와 이 세계의 눈을 가지고 싸웠다
어쩌면 왼쪽이나 오른쪽의 애드벌룬이 될 수도 있다
아침상에 내리꽂힐 미사일을 걱정하는 애드벌룬
미국이든 중국이든 도와주길 바라는 애드벌룬
아파트라는 것에 귀의하기도 하는 애드벌룬
그리고 나는 독도를 빼앗기지 않을 것이다
국경에 의지하는 애드벌룬으로서

누군가 내 등에 사과만 찔러 넣지 않는다면
이 변신은 거의 끝까지 성공적일 수 있다

# 플라스틱 재능

이 사과를 안다. 이 그림자를 안다. 이 커피를 안다. 이 책상을 안다. 저 어머니를 안다. 저 아버지를 안다. 저 뉴질을 안다. 저 눈물을 안다. 연필을 쥔 저 손가락. 운동화에 걸쳐진 바짓단. 시계를 숨긴 소맷부리. 가르마 탄 옛날 여인과 버려진 변기를 안다. 어둠 속으로 뻗은 아스팔트. 눈물처럼 맺힌 가로등. 푸른 정맥 속을 달리는 시간. 악수하며 받은 명함과 당신의 서운함을 안다. 등을 돌린 몇 개의 관계와 질끈 감은 눈동자. 누군가 나를 한 대 쳤다는 것도. 그것이 어젯밤이라는 것도. 오늘의 이 얼굴이 어제의 그 얼굴이라는 것도. 그러므로 안다. 사과도 썩고, 사과를 칠하던 손도 썩고, 바구니만 남게 되었을 때. 어젯밤 일을 기억하는 건 바구니뿐이라는 걸. 플라스틱뿐이라는 걸.

# 가위 바위 보

유리창이 흔들린다
이 세계의 유리창
나는 바람에 스치우는
피부를 가지고 있다
우물 속에는 낡은 얼굴의 사내
여기는 해방 이후의 소파
돌을 힘껏 던지면
거울이 깨지는 세계
예상과 일치하거나
어긋나는 현상을 목격하고
운이 좋다거나
재수가 없다는 말을 덧붙일 수 있는 세계
빨리 상하는 피와 창백한 손목이 있고
태양과 달을 나는 한 번도
이겨본 적 없는 세계

# 드라이브 멜랑꼴레리

뒤꿈치가 삐딱하다
어떤 방향으로 닳아간다
전등 아래 잠깐 서 있는 동안
개나리들
노랗게 아우성치다
켁 시든다
니스칠 한 장판 속에 갇힌 구름
어깨가 좁은 사람과 말다툼한다
늪에 빠진 것처럼 두 발은 느리고
고양이가 빠져나간 고양이 위로
녹기 쉬운 시간이 내려 쌓인다
옆 좌석에는 누군가 앉아 있다
뒤꿈치가 조금 더 삐딱해진다
어떤 방향을 향해 기울어간다
창밖으로 손을 뻗는다
손에게 손을 가르치는
냉정한 바람
가로등이 비추는 어떤 사실의 옆
벽에 기댄 채 어깨를 들썩이는 그림자

우는 것일까 웃는 것일까
멈출 수도 없으면서 뒤돌아본다

# 역대 수상시인 근작시

# 강은교

## 이 서안나 외

1945년 함남 홍원 출생. 1968년 『사상계』 등단.
시집 『허무집』『풀잎』『빈자일기』『소리집』『붉은 강』『오늘도 너를 기다린다』
『벽 속의 편지』『어느 별에서의 하루』『등불 하나가 걸어오네』『초록거미의 사랑』 등.
〈한국문학작가상〉〈현대문학상〉〈정지용문학상〉 등 수상.

# 이 서안나

등대로 가는 길 위에서 길을 묻던 이 서안나
뙤약볕 밑에서 긴 치마 붉은 돛처럼 펄럭이던 이 서안나
어쩌다 살이 닿으니 모래밭처럼 뜨겁던 이 서안나
고향을 물어도 몰라요, 어떻게 왔는지 물어도 몰라요, 어디로 갈
거냐고 물어도 몰라요, 몰라요, 몰라요, 하던,
몰라요, 가 가장 신성한 답이던 이 서안나

지금은 어디로 갔는지, 어디서 그 긴치마 돛처럼 펄럭이는지 궁
금하기만 한 이 서안나

먼먼 풍경처럼 아득한 이 서안나

# 이태준 씨네 가족사진

이태준 씨가 고개 숙인 아이를 안고 가운데 서 있고
상고머리 남자아이 뒷짐을 지고 찡그리고 있으며
흰 저고리에 검은 통치마 얼굴이 긴 한 여인
그 옆에한여자아이그옆에또한여자아이그리고장독대그리고낡은
계단그리고단풍나무그리고과꽃

이제 오려나, 장독대 앞 구불구불 단풍나무 속으로
장독대 앞 구불구불 과꽃 속으로

# 막다른 골목

막다른 골목을 사랑했네, 나는
막다른 골목에 사는 나의 애인을 지독히 사랑했네
막다른 골목에서 늘 헤어지던 인사
막다른 골목에서 만져보던 애인의 손
끝없는 미로의
미래의 단추를 사랑했네

오늘 밤은 미로에 갇힌 애인의 꿈을 불러보네
애인의 꿈속을 뛰어다니네
풀처럼 풀떡풀떡 뛰어다니네

사랑하는 나의 애인 사라진 벼랑

아, 숨 막히는 삶

# 비탈

　비탈이 비탈비탈 내려간다, 푸드득푸드득 자갈 소리, 흰 벽에 어지럽다, 자갈 소리 등에 업혀 검은 몸 그림자 먼저 저물고 저물고, 구불구불한 오솔길 앞질러 가고 앞질러 가고, 나는 네 그림자 뒤로 쿵덕쿵쿵덕쿵 춤추며 간다

# 닻

갑판에 쓰러져 누워 검붉은 닻이 내게 말했네,

진흙에 안겨 몸부림쳤으나 그의 심장 소리 참 아름다웠다, 고

# 아벨 서점

아마도 너는 거기서
희푸른 나무 간판에 生이라는 글자가 발돋움하고 서서 저녁 별
빛을 만지는 것을 볼 것이다.

글자 뒤에선 비탈이 빼꼼히 입술을 내밀 것이다
혹은 꿈길이 금빛 머리칼을 팔락일 것이다

잘 안 열리는 문을 두 손으로 밀고 들어서면
헌책들을 밟고 선 문턱이 세상의 온갖 무게를 받아 안고 낑낑거
리고 있는 것을 볼 것이다

구불거리는 계단으로 다가서면
눈시울들이 너를 향해 쭈뼛쭈뼛 내려올 것이다.

그 꼭대기에서 겁에 질린 듯 새하얘진 얼굴로 밑을 내러디보고
있는 철쭉 한 그루

아마도 너는 그때
사람들이 수첩처럼 조심히 벼랑들을 꺼내 탁자에 얹는 것을 볼

것이다

　꽃잎 밑 다 닳은 의자 위엔  연분홍 그늘들이 웅성이며 내려앉을
것이고,


　아, 거길 아는가
　꿈길이 벼랑의 속마음에 깃을 대고
　가슴이 진자줏빛 오미자차처럼 끓고 있는 그곳을
　남몰래 눈시울을 닦는, 너울대는 옷소매들을, 돛들을, 떠  있는
배들을
　배들은 오늘 어딘가 아름다운 항구로 떠날 것이다

# 너에게

너에게 밥을 먹이고 싶네,
　　　내 뜨끈뜨끈한 혈관으로 덥힌 밥 한 그릇

너의 옷을 꿰매주고 싶네,
　　　내 조각조각 이어진 뼈로 덮인 바늘 한 땀

아, 눈부신 침묵 굽이굽이 휘날리는 목숨 한 접시

# 김사인

## 엉덩이 — 영주에서는 외

1956년 충북 보은 출생.
1982년 『시와경제』 등단.
시집 『밤에 쓰는 편지』 『가만히 좋아하는』.
〈신동엽창작기금〉〈현대문학상〉〈대산문학상〉 등 수상.

# 엉덩이

―영주에서는

영주에는 사과도 있지
사과에는 사과에는 사과만 있느냐,
탱탱한 엉덩이도 섞여 있지
남들 안 볼 때 몰래 한입,
깨물고 싶은 엉덩이가 있지

어쩌자고 벌건 대낮에 엉덩이는 내놓고
낯뜨겁게시리 낯뜨겁게시리
울 밖으로 늘어진 그중 참한 놈을 후리기는 해야 한다네 그러므
로,
후려 보쌈을 하는 게 사람의 도리! 영주에서는
업어 온 처자 달래고 얼러
코고무신도 탈탈 털어 다시 신기고
쉴 참에 오줌도 한번 뉘이고
희방사길 무쇠다리 주막 뒷방쯤에서
국밥이라도 겸상해야 사람의 도리!

고개를 꼬고 앉은 치마 속에도
사과 같은 엉덩이가 숨어 있다는 엉큼한 생각을 하면

정미소 둘째 딸은 희멀건 소백산쯤
없어도 그만이다 싶기도 하지 영주에서는
남들 안 볼 때 한입 앙!
생각만 해도 세상이 환하지 영주에서는.

# 이대로 좀 놔두실 수 없을까요

금 간 브로크의 키 낮은 담
삐뚤빼뚤한 보도블록 곁으로
고양이 한 마리 어슬렁거리고
귀가하던 늙은 부부가 구멍가게 바랜 파라솔 아래 앉아
삶은 달걀과 막걸리 한잔으로 목을 축이는 곳
우편함 위에는 포장이사 열쇠수리 딱지들이 옹기종기 붙어 있고
반쯤 열린 철대문 안쪽으로는
문간방 젊은 내외의 부엌세간들이 보이기도 하는 곳 얌전한 곳
  직장이 없는 안집 둘째가 가끔 청바지에 손을 꽂고 골목을 이리
저리 훑어보다가 침을 퉤 뱉고 다시 들어가는 곳
  대문 돌쩌귀엔 솔이끼도 몇 돋아 있는 곳
  스티로폼 상자에 파와 고추 두 그루와 상치 몇 포기가 같이 사는
곳
  떨어져 나온 자전거 바퀴 하나가 몇 년째 잘 모셔져 있는 곳
  몽당비가 세워져 있는 곳

  이 하찮은 곳을
  부디 하찮은 대로 좀

# 극락전

처마 밑에 쪼그려
소나기 긋는다

들어와 노다 가라
금칠갑을 하고 앉아 영감은
얄궂게 눈웃음을 쳐쌌지만

안 본 척하기로 한다
빗방울에 간들거리는 봉숭아 가는 모가지만 한사코 본다

텃밭 고추를 솎다 말고
종종걸음으로 쫓아와 빨래를 걷던
옛적 사람 그이의 머릿수건을 생각한다
부연 빗줄기 너머
젊던 그이

# 김태정

1.

울 밑의 봄똥이나 겨울 갓들에게도 이제 그만 자라라고 전해주세요

기둥이며 서까래들도 그렇게 너무 뻣뻣하게 서 있지 않아도 돼요 좀 구부정하세요

쪽마루도 그래요 잠시 내려놓고 쉬세요

천장의 쥐들도 나무랄 사람 없다고 너무 외로워 마세요

자라는 이빨이 성가시겠지만 어쩌겠어요

살 부러진 검정 우산에게도 걱정 말라고

귀 어두운 옆집 할머니와 잘 지내라고 전해주세요

더는 널어 말릴 양말도 속옷 빨래도 없으니 늦여름 햇살들은 고추 말리는 데나 거들어 드리세요.


해남군 송지면 서정리 미황사 앞


2.

죽는다는 일은 도대체 무슨 일인가요 그래서 어쩌란 일인가요

버뮤다 삼각지대 같은 안 보이는 깔때기가 있어

그리로 내 영혼은 빨려 나가는 걸까요, 아니면

미닫이를 탁 닫으면 시부적 몸은 주저앉고 혼만 건넌방으로 드
는 걸까요

아이들에게 말해주세요
마당에서 굴렁쇠도 그만 좀 돌리라고
어지럽다고


3.
슬픔 너머로 다시 쓸쓸한
솔직히 말해 미인은 아닌
한없이 처량한 그림자만 덮어쓰고 사람 드문 뒷길로만 피하듯
다니던
소설 공부 다니는 아무개네 젖먹이나 도맡아 봐주던
순한 서울 여자 서울 가난뱅이
나지막한 언덕 강아지풀 꽃다지의 순한 풀밭
응, 나도 남자하고 자봤어, 하던
그 말 너무 선선하고 환해서
자는 게 뭔지 알기나 하는지 되려 못 미덥던
눈길 피하며 모자란 사람처럼 웃기나 잘하던

살림 솜씨도 음식 솜씨도 별로 없던

태정 태정 슬픈 태정
말갛게 바래가던 망초꽃 태정

4.
할머니 할아버지들 곁에서 다리 긴 귀뚜라미처럼 살았을 것이
다
길고 느린 시간이 천천히 흘러가는 것을 마루 끝에 앉아 지켜보
았을 것이다
시를 써 장에 내는 일도 부질없어
한 달에 5만 원도 겨워
핸드폰도 인터넷도 없이
조금만 먹고 거북이처럼 조금만 숨 쉬었을 것이다
얼찐거리다 가는 동네 개들이나 무심히 내다보며
토박이 초본식물처럼 엎드려 살다 갔을 것이다

더는 아무도 궁금해하지 않을
그 집 헐은 장독간과 경첩 망가진 부엌문에게 고장 난 기름보일

러에게
　이제라도 가만히 조문해야 한다
　새삼 슬픈 시늉을 하지는 않겠다.

　＊ 김태정(1963~2011) 서울에서 태어나 2011년 9월 6일 해남에서 세상을 떠났다. 시
집『물푸레나무를 생각하는 저녁』(창비)을 남겼다. 생전에 모 문화재단에서 5백만 원
을 지원하려 하자, 쓸 데가 없노라고 한사코 받지 않았다. 그의 넋은 미황사가 거두어
주었다.

# 三千浦

담배 문 손등으로 비가 시린데 말이지,

갯가로 시집간 딸아이 웅크린 등에도 이 찬비 떨어지겠고 말이지,

쉐타 팔짱 너머, 널어놓은 가재미 도다리나 멀거니 내다보겠지,

터럭도 사나운 다리를 숭숭 걷골랑,

土手질 간 사위놈은 말이지,

지집 우흐로 용을 쓰던 그 딴딴한 아랫배며 장딴지로,

재 너머 고래실 흙반죽이나 찌거덕 찌거덕 밟아쌌겄지,

비는 그새 굵어지는데 말이지,

# 거기 계신 영가 하나

—서재필을 울다

## 1. 귀신

고래들 틈에 끼어 새우등 터지기 어언 100년 조선 천지 온통 귀신이구나. 파란만장 기구절창한 귀신들 천지로구나.

왜란귀신 호란귀신 물렀기도 전에, 저것 봐라, 병인양요귀신 신미양요귀신 임오군란귀신 갑신정변귀신 갑오동학귀신 을미사변귀신 나라 곳곳 크고 작은 의병귀신 신유사옥 병인사옥이 또 언제냐 각종 곤장에 피칠갑 서학귀신 원악도 유배귀신, 제너럴셔먼호귀신 운요호귀신 평안도 청일전쟁귀신 서해바다 노일전쟁귀신, 피 토하는 왕비귀신 죄도 없는 궁녀귀신 나라 잃어 목맨 귀신 할복귀신 나라 찾자 만세귀신 연해주 만주 독립단귀신 의열단 광복군귀신 서로군정서귀신 북로군정서귀신

그뿐이냐 굶어 죽은 귀신 얼어 죽은 귀신 맞아 죽은 귀신 난리통에 기신기신 앓다가 죽은 귀신 허겁지겁 내빼다가 허방 짚어 목 부러진 귀신, 그 귀신의 늙은 어미 아비 귀신, 그 귀신의 칠부지 고흘리개 처자식귀신, 대동아전쟁귀신 미군정귀신, 이제 끝인가 싶자 보도연맹귀신 6·25귀신 빨치산귀신 국방군귀신, 참말로 끝났겠지 하는데 4·19 5·16귀신 10월유신귀신에 인혁당귀신 5·18귀신 각종 분신귀신 용산귀신 부엉이바위 대통령귀신까지 온통 새카

맣구나 어흑,

천지에 젓국 달이는 냄새 등천하는데

거기 계신 영가 하나 또 뉘신가.

나 Philip Jaisohn, 피재손, 조선 이름은 서재필이오.

혀짤배기 소리로세, 화동 정독도서관 옛 경기고 앞마당에서 모락모락 피어 나와

예가 내 집터요, 한다.

2. 거사

갑신정변 넉 자를 적자 하니
한숨 먼저 나온다.
열여덟에 과거 급제 김옥균 개화당의 괴임받는 막내
임금은 외척 세도에 둘러싸이고
나라는 회오리 속에서 새고 저무네.
남아 이십 미평국이면 후세 수칭 대장부를!
갓 스물 서재필, 목숨을 걸었겠지 목숨을
걸고 일어섰겠지. 1884년 양력으로 12월 4일 저녁 6시
거사의 무력대 맡아

놀란 왕 앞에서 수구원훈들 쳐넘길 때
그이 무르팍이 조금은 후들거렸을까.
열에 떠 붉어진 눈가로 알 수 없는 눈물도 한두 줄기 흘렀을까.

새 세상은 단 사흘
성난 백성들과 청나라군에 떠밀려
일본배 얻어 타고 도망길에 올랐구나
아비는 옥사하고 어미와 아내는 자진하고
형제들은 처형되고
어린 젖먹이도 굶어 죽는다
가산은 몰수되고 집터마저 허무네
죽을 자리 놓치고 어마지두에 구명도생
소식 듣고 어땠을꼬
피눈물 쏟았을까
이미 각오한 일 이를 악물어 딤담헸을까.
세상을 못 바꾸면 어차피 역적.

## 3. 독립신문

한 소리 듣게도 됐군.
갑오년에 청나라 이긴 왜놈들 등에 업혀
못된 송아지 엉덩이 뿔 난다고
양놈 흉내 왜놈 흉내 꼴불견이로세.
미국식 창씨개명에 국적까지 바꿔설랑 백인 여자한테 새장가를
들었다고.
왜놈도 모자라 양놈 탈을 쓰고 와서
뒷짐 지고 어전에 들어 임금 앞에서 담배를 물었다고
호로상놈 Philip Jaisohn 또는 피재손.

또 누군 그러네.
생면부지 오랑캐땅 대역죄인 신세로 혼자 건너가 그것도 아니
면 어쩌겠는가.
낮에는 막일하고 밤에는 말 배워
명문학교에서 서양의학을 공부하고
지체 있는 백인 집안 사위가 되니,
단군 이래 처음인 일

절치부심 조선 남아의 입지전이 아닌가.
다시는 이쪽으로 침도 뱉고 싶지 않을 땅
부모형제 잡아먹고 처자식 잡아먹고
비명에 간 동지들과 제 손에 묻힌 피
몽매한 임금에 몽매한 백성들뿐
그래도 고국 그래도 겨레라고 돌아온 것 아닌가.
10년 만에 돌아와 한글판 영어판『문신님독』펴냈네.
독립협회 만들고 '문닙독'을 세웠잖나.
동학란 청일전쟁에 민비시해 김옥균 피살,
갑오개혁 대신들 김홍집 어윤중도 맞아 죽는 살얼음판
미국 국적 없었으면 그도 살아남지 못했으리.
서재필 없었으면 안창호 이승만 주시경이 있었을까.
결국은 두 해 만에 다시 돌아갔지만.


다음은 뭐라고 쓸까.
그때 챙긴 거액으로 문구회사 Philip Jaisohn & Co.
미국 가서 사업했다고 눈을 흘길까.
아니, 기미 만세 소식에 미주 곳곳 한인회 만들고, 가산을 기울
여『Korea Review』내면서 조선독립 호소했다고 떠받들까.

그 바람에 법원에서 파산선고 받았다고 역성을 들까.

아니, 돈 떨어지고 가망 없자, 난 그만둘란다고 팔 개고 돌아간 기회주의자라고 침을 뱉을까.

1947년 그의 마지막 귀국
단독정부 반대했네 이승만에 맞섰네
그러나 사세부득 이미 그는 상처한 80대 노인
할 줄 아는 말은 모두 영어뿐
남한 단정 수립되자 쓸쓸히 돌아갔네.
대통령추대운동 벌어지자 '나는 미국시민으로 남겠다'고.
'당파싸움으로 일 그르치는 것은 갑신정변 때나 똑같다'고.
남긴 마지막 당부는 '통일된 조국을 세워달라'고.
미국을 등에 업은 정치적 노욕, 하나 마나 한 소리라고 흉봐야 하나
비운의 충정에 눈시울 붉힐까
1951년 1월 5일, 향년 87세 기구한 세월이었네.

## 4. 풍선

그를 어떻다고 말해야 하나 그를 무어라고 불러야 하나
그는 사람을 죽여본 자 몸 던져 날아본 자
외로운 자
그를 몰고 갔던 회오리는 끝난 것이냐.
꿈꾸던 독립은 이루어진 것이냐.
나라는 민국은
무사한 것이냐.
그를 도대체 무어라고 부르나.
부를 이름을 가지고나 있는가.

에헤라 풍선이나 둥둥 풍선 하나 둥둥
영웅도 역적도 실없는 말
뜻 좋아 몸 던져 가느라고 간 것뿐.
그의 마지막 침대머리 창 너머로 보라색 풍선이나 하나 둥둥
무심히 둥둥 떠갔던 것을
누가 알았느냐
또 다른 서재필들 똥끝이 타는데

100년을 수상쩍구나.
오오, 가마귀 떼 갈가마귀 떼
에라하 만수, 에라 대신이로다.

# 이근화

## 태극당 성업 중 외

1976년 서울 출생.
2004년 『현대문학』 등단.
시집 『칸트의 동물원』 『우리들의 진화』 『차가운 잠』.
〈윤동주문학상 젊은작가상〉〈김준성문학상〉〈현대문학상〉 수상.

# 태극당 성업 중

삼일절이다
대한은 독립
한 끼는 빵을 먹고 만세
태극당 옛날식 빵집에 앉아
크림빵 도넛 카스텔라를 먹고 있는 사람들
입속 가득 뭉개지는 것이 정말 빵이란 말인가
도대체 무엇으로부터 독립할 것인가
반죽처럼 엉키는 질문들

태극당 옛날식 빵집에는
전병들이 층층 기와집을 이루고
비닐봉지 부스럭거리며 삼일절을 죽이는 사람들
내 집을 나와서 남의 집 앞에 문전성시를 이룬다
정말이지 내 집은 아니지
집 없는 사람이 어딨나
여깄지 여깄네
집 있는 사람들을 끌어당기지

돼지들이 웃었다

네발로 그랬는지도 모른다
꾹꾹 땅을 밟고 끝까지 참았는지도 모른다
독립 따위는 관심 없는 돼지들
저 잉어의 이름을 돼지라 지어주었을 뿐
어항 밖에는 못 먹을 빵들이 가득
등이 휜 늙은 잉어는 아직도 죽지 못했다
물고 죽을 바늘이 없다
오늘은 독립을 꿰매야겠다
갈기갈기 찢긴 사람들을

# 부러진 바늘

세상에 이런 일이 있다
뉴스는 더러운 사건들로 갱신되고
제 똥을 뭉개느라 더 빨개진 얼굴들
기계적 결함 너머에 심하게 일그러진 목소리들

병원에 다녀온 사이 안방 벽시계가 떨어졌다
유리가 희한한 각을 갖고 태어났으며
바늘이 더 이상 시간을 찌를 수 없게 되었다
나의 시간을 너에게 줄 수 있다면

아마도 그럴 것이다
세상의 모든 사람들이 그럴 것이다
그래서 세상은 이런 방식으로 굴러가는가 보다
시계는 동그란데 구르지 않고

여기저기서 내가 듣지 못하는 깨지는 소리
범죄자와 정치인과 기업인 들이 서로를 찌르는 소리
영원히 평행선을 긋는 휘어진 만남들
귓속에 흘러든 검은 물을 퍼내도 퍼내도

끝이 없다 이 판이 그 판인지
이 세계가 우리의 것인지
시계를 보고는 알 수가 없다
목을 조르는 것이 누구의 손인지

이 바늘로는 아무것도 꿰맬 수 없겠지
이 시간들이 눈빛에 새겨지겠지만
누구와 무엇과 눈을 맞추어야 하나
정말로 이 시간을 너에게 주어야 하나

# 집은 젖지 않았네

창문이 조금 열려 있었고
그 사이로 낯선 손을 들이민 사람이 있었는지도 모른다
집은 거부를 모른다
나와 너와 우리가 그 집에 기대어

세상에서 가장 웃긴 일이 일어났지만
아무도 웃지 않았다
웃음소리가 푹푹 꺼지고
집은 사라질 줄 모르고

거대한 허기와 만났지
어제는 말이야
굉장했어
지붕의 이야기가 뚝뚝 떨어진다
누군가 정말 죽을 것 같은 밤이다

그러나 발만 빠졌네
세상에서 가장 큰 호수에
차갑지 않다

뜨겁지 않다
나의 집으로 가고 싶다

조금 떠 있고
늘 가라앉아 있는
헤매고 방황하는 집
발이 쉬지 못하는 집

너의 집은 어디니
누군가 진지하게 물었다
정확히 그것을 모르지만
나는 밤마다 발이 닳도록
그곳을 찾아가요

큰 입을 벌리고 나를 심기고
나는 즐겁게 죽어간다

집의 입술은 마르지 않았네

# 집으로 가는 길

포물선을 그리며 날아가다가
화살은 맨땅에 박혔다
누군가의 심장을 뚫지 않아도 좋았다
사랑한다는 말
배가 뚱뚱한 아저씨들이
부지런히 주워 담았다
허리춤에 작은 가죽 주머니가 부풀고

강물의 범람을 안고 칸나가 피었다
가로등에 덕지덕지 붙은 달팽이들
난간에 걸쳐 있는 물렁한 지렁이들
모두 제 살과 피가 닿지 않는 곳까지 왔다
발자국이 붉다
무엇인가를 묻고 있었지만
누가 그 입술에 대답을 할까

골목에 새로운 가게가 태어났다
오가며 공연히 기웃거렸고
나의 사람들을 초대하고 싶었으나

오늘도 조용히 하루가 갔다
비가 흩날렸고
눅눅한 우편물들이 도착할 것이다
발이 젖은 사람들이 서둘러
집으로 가겠지

크레인은 좀 더 속도가 늦다
신중하게 철조물을 옮기는데
그것들도 집이 있을까
임시 가교를 수개월 동안 건너다닐 것이다
나의 두 발을 사랑해야겠다
뚜렷하게 발음되지 않았지만
그냥 그럴 것이다
기록되지 않은 하루를

# 가짜 논란

진짜라고 말하면 그냥 믿고 싶다
가짜면 더 즐겁겠지
헤벌쭉한 지갑이 입술 같다

냄새를 맡아봐도 소용없다
진지하게 묻는다면 너는 정말 나쁘다

그걸 내가 어떻게 아니
도시의 불빛이 너무 아름다워서 기어 들어가고 싶다
손이 붙고 얼굴을 잃는다고 해도

부글부글 흘러나오는 지옥의 음악 소리는
얼마나 배가 고픈 것이겠어

가짜라고 우긴다면 내가 울어줄게
진짜라고 사기 친다면 내 목숨을 주지

부러진 다리 툭 끊어진 살들
그런 것을 본다면 나는 최선을 다할 것이다

피가 그렇게 쉬울 리 없다

슬픔은 들리지 않는다
고독은 냄새 맡을 수 없다
교각은 외로운 다리를 강물에 빠뜨리고

죽은 이들의 입속에 흘러 들어간
거친 모래알들 아무것도 모르는 풀잎들
그걸 어떻게 빼야 할까

바닥이 푹 꺼지고
우리가 애써 그린 지도들은 마르지 않네

가파른 돌계단에서
짐낀 발을 헛딛고 기우뚱거렸다
나의 두 발이 틀림없다고 말할 수 있을지

# 코맥스 200


우주선은 아름답지만
알 수 없는 곳으로 흘러가다가
정적과 암흑의 놀이터가 되겠지
이곳에서 너무 멀어서
코맥스 200

곧 쓰레기가 될 이 비닐장갑은
우주선의 이름 같다
이백 매인지 아닌지 세보지 않겠지만
미아가 될 우주선의 운명처럼
내 손은 이백 번씩
투명하게 빛날 것이다

날마다 죽는 연습이라면 어떤가
우리가 티슈를 뽑아 쓸 때마다
티켓팅을 할 때마다
줄어드는 것이 있다면 어떤가
늘어나는 것이 있다면 무엇인가
내가 사라진 자리를

나는 느낄 수가 없다
당신의 표정을 읽을 수 없다
나는 보호받고 있다고 믿어야 하는지
지나치게 반복적이어서
누군가는 웃었고
깊어진 주름 속에서
적막과 허무가 그네를 탄다

# 비의 기록

빗줄기는
오늘 밤 따위는 기록하지 않는다

손이 없고
마음이 없고
공백이 없다

멀뚱하게 뜬 눈으로
아무 말이나 지껄여서
엉망으로 취해서

내가 최고다 비에 젖었다

빗줄기는 의도가 없다

칼이 아니고
표정이 없고
죽음이 없다

노래하는 빗줄기를 보았니
탐스러운 엉덩이를 보았니

찌를 곳이 없다
빗줄기 사이를 건너가는
빠르고 정확한 사람은 없다

우체국이 불타올랐다

내 사랑이 더 크고 뜨겁고 강렬해서
오늘은 밤이고
우산이 필요하다

내일은 거짓말이 된다

빗줄기가 알고 있는 당신의 어깨를
내가 모르니까
더 즐거운 것 같다

# 심사평

**| 예심 |**

기꺼움과 열정으로 독특하게 살아내기

이 근 화

문학적 긴장과 미학적 가치, 무모한 열정

장 석 남

**| 본심 |**

상투어로 상투성을 넘는 힘

김 기 택

긴 침묵 뒤에 부르는 사랑 노래

최 승 호

# 수상소감

너와 함께 있겠다

허 연

# 기꺼움과 열정으로 독특하게 살아내기

이근화

시를 쓰는 것도 읽는 것도 힘들다고 말하지만 기꺼이 그렇게들 한다. 심사를 진행하면서 많은 시인들이 시를 쓰는 기꺼움을 여러 다양한 방식으로 감당하고 있는 모습을 지켜볼 수 있었다. 조심스럽고 예민한 감각으로, 치열하고 뜨거운 대결 의식으로 열정과 성실함을 다하여 살아 있음을 증명하고 있었다. 예지와 통찰과 직관은 그냥 주어지는 것이 아니었다.

김영승의 시는 자연스럽고 독특하다. 그의 생활이 묻어 있고 개성적인 사유가 드러난다. 그의 시는 언뜻 비非시적인 언술로 이어지는 듯하지만 미학적 자질이 저절로 발생하는 지점을 언제나 확보하고 있다. 화려하고 세련되지 않았지만 한국시의 높은 경지라고 할 수 있을 것 같다. 이기인의 시를 읽으면서 묘사의 새로운 국면에 대해 생각해볼 수 있었다. 진술의 독특한 지점을 새롭게 개척하고 있었기 때문이다. 촘촘한 진술 간격 사이에서 시적 주체가 슬그머니 물러나는 이상한 매력을 느낄 수 있었다. 그가 지닌 시선의 깊이와 단단한 언어는 이 세계의 일상성과

폭력성을 드러내기에 충분했다.

신용목의 시에서는 진화하는 서정과 그 자리에 대한 모색이 빛난다. 그의 시가 이루고 있는 여러 겹을 더듬다 보면 어떤 삶이 저절로 가늠이 된다. 허연의 시 속에서 서정은 좀 더 자연스럽게 발생하는 것 같다. 묵시와 통찰의 오랜 힘에 신뢰감이 갔다. 이준규의 고집과 실험 속에서 언어와 사물은 새로운 국면을 맞이할 수도 있겠다. 김이듬, 조말선, 황성희의 개성 역시 만만한 것이 아니었다. 힘이 발생하는 지점은 각각 다른데 김이듬이 노골적이라면 황성희는 도도하고 조말선은 침착하다. 사건을 풀어가고 해석하는 김이듬의 복합적 시각이, 구도에 침잠하지 않고 끝까지 사물을 붙들려 하는 조말선의 집요함이, 황성희의 능숙한 힘 조절과 문장의 탄력이 돋보였다.

황인숙과 문성해는 원숙함을 보여준다. 신체와 감성은 모종의 관계를 맺고 있을 터인데 언어를 통해 삶을 체감하는 그녀들의 능력을 성실하게 보여주고 있었다. 박형준, 전동균의 언어는 경험으로부터 배어 나온다. 쉽게 흉내 낼 수 없는 시적 발견과 고통을 다스리는 누긋함이 인상적이었다.

문학과 세대에 대해 생각하지 않을 수 없었다. 신인들의 활발한 활동과 의욕에 비해 신뢰감이 가는 작품이 적었다. 스타일이나 완성도에 대한 추구보다는 과도하고 무모한 열정이 그들을 이끌었으면 좋겠다. 결국 조금 다른 것이 많이 다른 것이다. 조금 다르기 위해 얼마나 많이 애써야 하는지 고민이 필요한 것 같다. 남다른 감각과 분투로 좋은 시를 쓰는 몇몇 선배 시인들에 대한 상찬을 생략하게 되었음을 조심스럽게 적어둔다. 상이라는 거대한 탄력 없이도 그들의 암중모색은 계속될 것이라 믿는다.

나는 언젠가 '꿀문학'이라는 불가능한 말을 쓴 적이 있다. 무엇인가를 향해 자발적으로 걸어 들어가게 하는 어떤 힘에 대한 기대를, 아직 시를 통해 붙들고 있었기 때문이다. 그런 기대는 나만의 것이 아닐 것이다. 누군가에게 수상의 기쁨과 부담이 주어지겠지만 여러 다른 시인들도 그런 기대감을 계속해서 밀고 나갈 것이다. ■

# 문학적 긴장과 미학적 가치, 무모한 열정

장석남

　문학상 제도 중에서 예심이라는 것을 생각해본다. 수상할 만한 사람을 몇 추천하는 간단한 일 같지만 그러나 그것은 그리 단순하지 않다. 나는 그간 시행된 문학상의 예심을 사후에 '구경'하면서 흔쾌히 고개를 끄덕인 적이 별로 많지 않다. '될 만한 사람'을 추천하는 것이 아니라 추천자의 문학적 취향이나 신념을 대놓고 드러내는 경우가 여러 번이었다. 게다가 알음알이도 작용하는 것이 아닌가 하는 의구심도 없지 않았는데, 하긴 왜 없겠는가. 다 있는 것이다. 그러나! 그의 문학을 존중하고 사랑하는 것과 개인적인 감정을 우선하는 것과는 구별했으리라.

　어느 편이었냐 하면 시행 주체의 '특별한 주문(어쩌면 각 문학상의 성격을 갖자면 이것도 중요한 참고 사항일 수 있으리라)'이 없다면 추천자는 최소한 자기의 문학 취향 내지 고집과는 기본적으로 싸워야 한다는 입장이다. '시'라고 하는 장르적 특성과 전통이 있는 것이고 그것은 특정 세대 혹은 부류의 '물결'과는 구분되는 '균형 잡힌 시적 가치'의 입장 위에서 해당 작품들과 시인을 바라봐야 한다는 것이다. 왜 그런가. 거시

적 입장에서 보면 그 '물결'이라는 것이야말로 몰개성의 함정으로, 가장 먼저 낡아가는 신상품 같은 것이기 십상이기 때문이다.

예심위원 이근화와 본인이 추천한 사람을 모아보니 다섯 사람이 겹쳤다. 나머지는 한 사람씩 동의 과정을 거쳤는데 어렵지 않았다. 암암리의 기준을 제시하자면 문학적 긴장이 풀어지지 않는 한 세대를 구분하지 않는다는 것, 시의 미학적 가치, 문학을 향한 '무모한!' 열정 등등이 나름의 기준이 되었다.

의외의 사람들이 그 작업의 완숙된 세계에 비춰 이른바 '문학상'의 후보에서마저 소외되어 있었다는 것을 발견할 수 있었다. 황인숙, 전동균, 김영승 등 오십 대 시인들의 시는, 그들이 걸어온 시의 궤적을 포함하여 여전히 싱싱하며 말의 진폭은 여유롭고 시선은 완숙했다. 경박하고 가쁜 중얼거림과는 구별되는 세계였다.

어쩌면 그와는 대척점에 있을 듯한 이준규와 김이듬의 시들은 피투성이다. 그들이 이마를 찧으며 가려고 하는 세계는 아직 불확실하지만 이미 그 자체로 아름답다고 여겼다. 그대로 나아간다면 진경이 펼쳐질 것인데 아주 힘이 들겠지. 그러나 두리번대지 말고 행진!

이기인의 '자기 자리 찾기'는 고독한 몸부림 같다. 휩쓸리지 않으려는 고집의 한편에서 '전통'과 싸우는 모습이 귀했다. 박형준, 조말선, 신용목, 황성희의 시들이 빛났다. 누가 되어도 〈현대문학상〉이 될 것으로 판단했다. ■

# 상투어로 상투성을 넘는 힘

김기택

심사하는 자리에 서면 착시 현상이 생기기 쉽다. 심사자는 뭔가 한 수를 가르쳐야 하는 사람, 피심사자는 그런 가르침을 받아야 하는 사람. 이런 터무니없는 우월감에 뒤통수를 후려쳐 심사하는 자리를 되돌아보게 하는 것, 오히려 나의 시를 반성하게 하는 것, 심사하는 기회를 통해 가르침을 받게 하는 것은 바로 심사를 받는 작품이다. 나는 심사받는 작품을 쓴 시인들보다 우월하기 때문에 심사하는 것이 아니다. 작품을 잘 읽어줄 사람이 필요하기 때문에 이 자리에 선 것이다. 수상작을 가리는 데에는 심사자의 주관과 기호가 반영되지 않을 수 없으므로 심사 대상 작품에 엄격하고도 객관적인 잣대를 들이대어 흠 없이 공정한 평가에 이르기는 어렵다. 수상작 결정에는 잘 읽었다는 감사와 그 작품에 바치는 경의의 뜻이 포함되어 있을 것이고 괜한 일을 했다는 미안한 마음도 없지 않을 것이다. 힘만 센 권위가 수상작을 결정하여 그에 대한 감사나 경의가 불충분할 때, 심사하고 난 뒤끝은 불편하다. 건강한 몸에 불필요하게 칼을 댄 것처럼 찜찜하다. 눈멀고 귀먹은 힘을 함부로 휘둘렀다는 느낌으로 시달림을 받게 된다.

　이번 심사에서 그런 괴로움에 시달리지 않도록 해준 작품이 나온 것을 다행스럽고 고맙게 생각한다. 허연의 「북회귀선에서 온 소포」 외 6편은 나의 결정이 아니라 오로지 제힘으로 쉽게 심사자들의 의견 일치를 이끌어냈고 자연스럽게 수상의 자리에 앉았다. 수상자의 최근작들은 그동안 보아왔던 이 시인의 작품을 눈을 씻고 다시 보게 만드는 힘이 있었다. 그의 작품은 추억, 사랑, 생, 소멸 따위의 관념어나 울음, 그리움, 상처, 고통 따위의 감상적인 시어를 거리낌 없이, 아니 즐겨 써서 당혹스러웠다. 그러나 그것이 상투적으로 느껴지지 않고 오히려 그런 시어들을 자연스럽게 에너지로 변환시키는 힘이 느껴져서 읽는 내내 그 힘이 무엇인지 궁금하게 만들었다. 그의 시는 섭씨 천 도의 불에 구워지고 모든 것을 마르게 하는 시간을 지나면서도 끊임없이 반복되는 사랑 앞에, 지독하고도 냉혹하게 삶과 인간을 휘젓고 소멸시켜온 허무와 망각 앞에, 도저히 겸허해지지 않을 수 없는 알 수 없는 힘 앞에, 우리를 서게 한다. 시인은 그 힘들이 시 속으로 들어와 행패를 부리게 놔두면서 마음껏 궁금해하거나 울거나 놀람과 한숨이 잠잠해지기를 기다린다. 아주 작은 아기 무덤에 쌓인 눈에게, 잠 속에서 셀 수 없이 돋아나는 가시에게, 모든 걸 가장 먼저 알아채는 눈물에게 속수무책으로 용서를 구한다. 그리고 먼 시간과 공간을 뚫고 오는 불가사의한 전율에게 겸손한 경의를 표한다.

　〈현대문학상〉의 무거운 이름에 값하는 수상작이 나온 것을 기쁘게 생각한다. 진심으로 축하한다. ■

# 긴 침묵 뒤에 부르는 사랑 노래

최승호

절필 선언을 하지 않고 침묵을 견디는 작가와 시인들은 왜 절필을 하지 않는 것일까? 문인으로서 공개적으로 절필 선언을 하려면 자신의 팔을 끊어버리고 펜을 꺾어 던지며 작업실의 문을 무덤처럼 닫아버리는 비장한 결단의 심정으로 해야 한다고 생각한다. 그게 아니라 선언의 성격이 명성을 의식한 어떤 계책이거나 일시적인 변명의 출구라면 절필 선언은 훗날 싱거운 해프닝으로 끝날 수 있다. 이런 말을 하는 것은 허연의 최근 작품들을 읽으면서 어떤 말도 할 수 없고 아무 글도 쓸 수 없는 긴 침묵의 시간이 어떤 시인에게는 일종의 축복이나 은총일 수도 있다는 생각을 했기 때문이다.

(……) 늙지 않는 벌을 받은 사랑. 죽어도 죽지 않는 쐐기문자로 남은 것. 섭씨 천 도쯤에서 구워진 것. 끔찍한 세월을 지나온 노래.

—「점토판」부분

「북회귀선에서 온 소포」를 비롯한 최근작들은 사랑, 추억, 미망, 소멸, 그리움, 상처, 속죄, 고독 등에 대해 말한다. 그것은 이미 흔하고 낡은 주제일 수도 있다. 그러나 기교를 떨어낸 듯한 말쑥한 문체의 담박한 작품들을 읽고 나서 말의 저편에서 밀려오는 가시들의 파도 같은 것이 가슴을 할퀴고 지나가는 느낌, 가슴 밑바닥에 깊이 가라앉아 있던 슬픔의 앙금 같은 것을 휘저어놓는 느낌, 그런 묘한 공감의 순간들이 있었다. 나는 이런 울림의 파장을 거느리는 힘이 표현의 단순함, 감정의 절제와 기억의 삭제, 여백의 구축, 그리고 무엇보다도 자신의 삶을 있는 그대로 회광반조回光返照할 수 있는 정직함과 천진성에서 비롯된다고 보았다. 긴 침묵 뒤에 서정의 격조와 기품을 보여준 시인의 수상을 축하하면서 그의 새로운 작품들을 기대해본다. ■

# 너와 함께 있겠다

허 연

의사가 내린 처방은 얼마간의 입원과 장기적인 약물치료 그리고 '시를 잠시 쉴 것'이었다.

담당의사가 우연히 인터넷에서 내 시 몇 편을 읽은 게 화근이었다. 의학박사의 눈에는 내 시가 사람을 병들게 하는 원인 물질쯤으로 보였던 모양이다. 진료실 복도를 걸어 나오며 나는 많이 웃었다. 더 흥미로운 건 병실에서 기다리고 있던 가족들의 반응이었다.

"당분간 입원해야 하고 오랫동안 약 먹으면 좋아질 거래. 그리고 시는 쓰지 말래."

말이 채 끝나기도 전에 가족들은 나름의 방식으로 '불행 중 다행'이라는 의사표시를 했다. 그중 어머니가 일찍 돌아가시고 난 다음부터 그 역할을 대신해온 누님의 반응이 압권이었다.

"그래 시 같은 거 쓰지 마라. 그까짓 것 뭐라고……."

누님은 국문학 전공자였다. 신부님이 되었어야 할 나를 시의 늪에 빠뜨린 조력자이기도 했다. 나는 누님의 책장에 꽂혀 있던 고대문명의 입석들 같은 책을 꺼내 읽으며 문학에 전염되었다. 누님은 내가 최초로 만난 문우이자 후원자이기도 했다. 그런 누님의 입에서 시는 '그까짓 것'이 되어버렸다. 갑자기 병원에 실려 온 동생을 보고 얼마나 놀랐으면 그랬을까. 어쨌든 얼떨결에 시가 원흉이 되어버린 상황이 벌어졌고, 이 해프닝은 두고두고 생각해도 실소가 나오는 기묘한 알레고리로 내 머릿속에 남아 있다.

그렇다. 나는 '그까짓 것'에 긴 시간을 파묻었다. 예외 없이 시를 얻음으로써 치러야 할 대가를 치렀다. 잃어야 할 것을 잃었고, 포기해야 할 것을 포기했으며, 저주받아야 할 만큼 저주받았다. 하지만 '그까짓 것'으로부터 말하는 법, 미워하는 법, 사랑하는 법을 배웠다. 시로 인해 넘어졌고, 시로 일어났다. 그리고 더 슬픈 건 이제 도망치기 힘들어졌다는 사실이다. 공교롭게도 이번 수상작에 포함된 작품들 중 대부분이 의사로부터 시를 쓰지 말라는 어이없고 애정 어린 처방을 받은 다음에 쓴 것들이다.

그 무렵 물기 많은 눈이 자주 내렸다. 창밖 나무에는 직박구리가 아침마다 와서 울었고, 기쁨과 슬픔은 나도 모르게 자리를 바꾸어 앉았다. 멀리서 무개화차가 지나가는 소리가 들렸고, 나는 신생아처럼 누워 매일매일 아주 긴 음악을 들었다.

시가 무슨 힘을 가지고 있다고 믿은 적은 없었다. 시는 아름다워야 한다고 생각한 적도 없었다. 시인이라는 호칭이 자랑스럽기보다는 민망한 적이 더 많았다. 그저 살면서 나는 시를 만났고, 시는 나를 만났다. 우리가 언제까지 밀월을 이어갈지 아니면 체머리를 흔들며 헤어질지, 나도 시도 결말을 알 수 없다. 하지만 중요한 건 지금 나는 시를 쓰지 않고는 살 수 없는 숙주가 되어버렸다는 사실이다. 그래서 나는 자주 불행하고 가끔 행복하다.

오랜 시간 내 괴팍함에 눈을 감아준 가족과 직장 선후배, 친구 들에게 고맙다. 자주 표현은 못하지만 늘 미안해하고 있다는 말을 전하고 싶다. 더불어 내 시를 찾아 읽어준 심사위원 선생님들과 『현대문학』에 가슴 뭉클한 감사를 드린다.

상을 받는다는 게 또 다른 업보가 될 걸 안다. 도망치지 않겠다. ■

2014 現代文學賞 수상시집

# 북회귀선에서 온 소포 외

지은이 ┃ 허 연 외
펴낸이 ┃ 양숙진

초판 1쇄 펴낸날 ┃ 2013년 12월 12일

펴낸곳 ┃ ㈜현대문학
등록번호 ┃ 제1-452호
주소 ┃ 137-905 서울시 서초구 신반포로 321(잠원동)
전화 02-2017-0280
팩스 02-516-5433
홈페이지 ┃ www.hdmh.co.kr

ⓒ 2013 ㈜현대문학

ISBN 978-89-7275-687-3  03810